跟北极熊
成为最好的朋友的五大理由：

他风趣、超酷、乐于助人……

你永远不知道他接下来会做什么！

他最擅长拥抱——他的毛很软，还有点痒痒的！

他会一些**令人惊叹**的滑板技巧——看，他飞起来了！

他忠诚、有趣，总是准备好了要助你一"爪"之力——这也正是你从最好的朋友那里需要的全部，不是吗？

献给我的读书俱乐部的了不起的成员们。——玛利亚·法雷尔
献给薇薇安和迈克。——丹尼尔·莱利

图书在版编目（CIP）数据

露比的星星 ／（英）玛利亚·法雷尔著；（英）丹尼尔·莱利绘；孙淇译 . — 北京：北京联合出版公司，2023.5

（神奇的北极熊先生）

ISBN 978-7-5596-6718-2

Ⅰ . ①露… Ⅱ . ①玛… ②丹… ③孙… Ⅲ . ①儿童小说－中篇小说－英国－现代 Ⅳ . ① I561.84

中国国家版本馆 CIP 数据核字 (2023) 第 036582 号

ME AND MISTER P：Ruby's Star
Text copyright © Maria Farrer 2018
Illustrations copyright © Daniel Rieley 2018
Me and Mister P：Ruby's Star was originally published in English in 2018. This translation is published by arrangement with Oxford University Press.
Simplified Chinese translation copyright © 2023 by Beijing Tianlue Books Co., Ltd.
ALL RIGHTS RESERVED

露比的星星

著　者：［英］玛利亚·法雷尔
绘　者：［英］丹尼尔·莱利
译　者：孙淇
出 品 人：赵红仕
选题策划：北京天略图书有限公司
责任编辑：龚将
特约编辑：钱凯悦
责任校对：罗盈莹
美术编辑：刘晓红

北京联合出版公司出版
（北京市西城区德外大街83号楼9层　100088）
北京联合天畅文化传播公司发行
北京盛通印刷股份有限公司印刷　新华书店经销
字数40千字　889毫米×1194毫米　1/32　5.5印张
2023年5月第1版　2023年5月第1次印刷
ISBN 978-7-5596-6718-2
定价：24.00元

版权所有，侵权必究
未经许可，不得以任何方式复制或抄袭本书部分或全部内容。
本书若有质量问题，请与本公司图书销售中心联系调换。
电话：010-65868687　010-64258472-800

神奇的北极熊先生
之露比的星星

[英]玛利亚·法雷尔◉著 [英]丹尼尔·莱利◉绘 孙淇◉译

北京联合出版公司
Beijing United Publishing Co.,Ltd.

目录

第1章 天空和星星……1

第2章 空气和水……4

第3章 向后和向前……14

第4章 进来和出去……20

第5章 上去和下来……28

第6章 秘密和谎言……40

第7章 朋友和敌人……48

第8章 问题和办法……59

第9章 舞步和节奏……71

第10章 游动和潜水……80

第 11 章 快乐和悲伤……88

第 12 章 怀疑和信任……97

第 13 章 闪光和惊喜……107

第 14 章 摔倒和碰撞……112

第 15 章 懦夫和幸存者……122

第 16 章 铁锈和灰尘……129

第 17 章 进展和发现……136

第 18 章 开始和结束……142

第 19 章 阳光和乌云……157

第1章
天空和星星

露比悄悄溜进公寓的小阳台，靠墙坐下来。她咬着铅笔头，目光越过了屋顶。

亲爱的爸爸：

希望你安好。家里一切都好，利奥长得很快，妈妈也过得很好。很快就到我的生日了，或许你忘了，可我希望你记得。我就要11岁了，当然你也知道！我想，今年你可能正计划给我一个前所未有的大惊喜，我都等不及了！

爱你的露比

露比搜寻着夜空,直到找到了那颗特别的星星——她和爸爸以前常用它来许愿。她闭上眼睛,希望爸爸真的能读到这封信,希望她真的可以收到惊喜。她把信举向天空,然后折好,放进一个棕色信封里,她写下大大的"**爸爸**",在本该贴邮票的地方画了一颗星星。她掀开盒盖,看了看她贴在盒子里面的照片。那是爸爸的照片,胳膊下夹着滑板,手里举着奖杯。他总是告诉露比,有一天她会成为一名滑板冠军,就像他一样,而且他答应,**答应**等她大一点儿就送给她一块滑板。去年生日时她就希望能得到,可是没有。所以没准儿今年会得到。她当然希望如此。她把这封信放进盒子,和其他信放在一起,然后盖上了盒盖。她不知道爸爸现在在哪里,不过他一定在外面的某个地方。

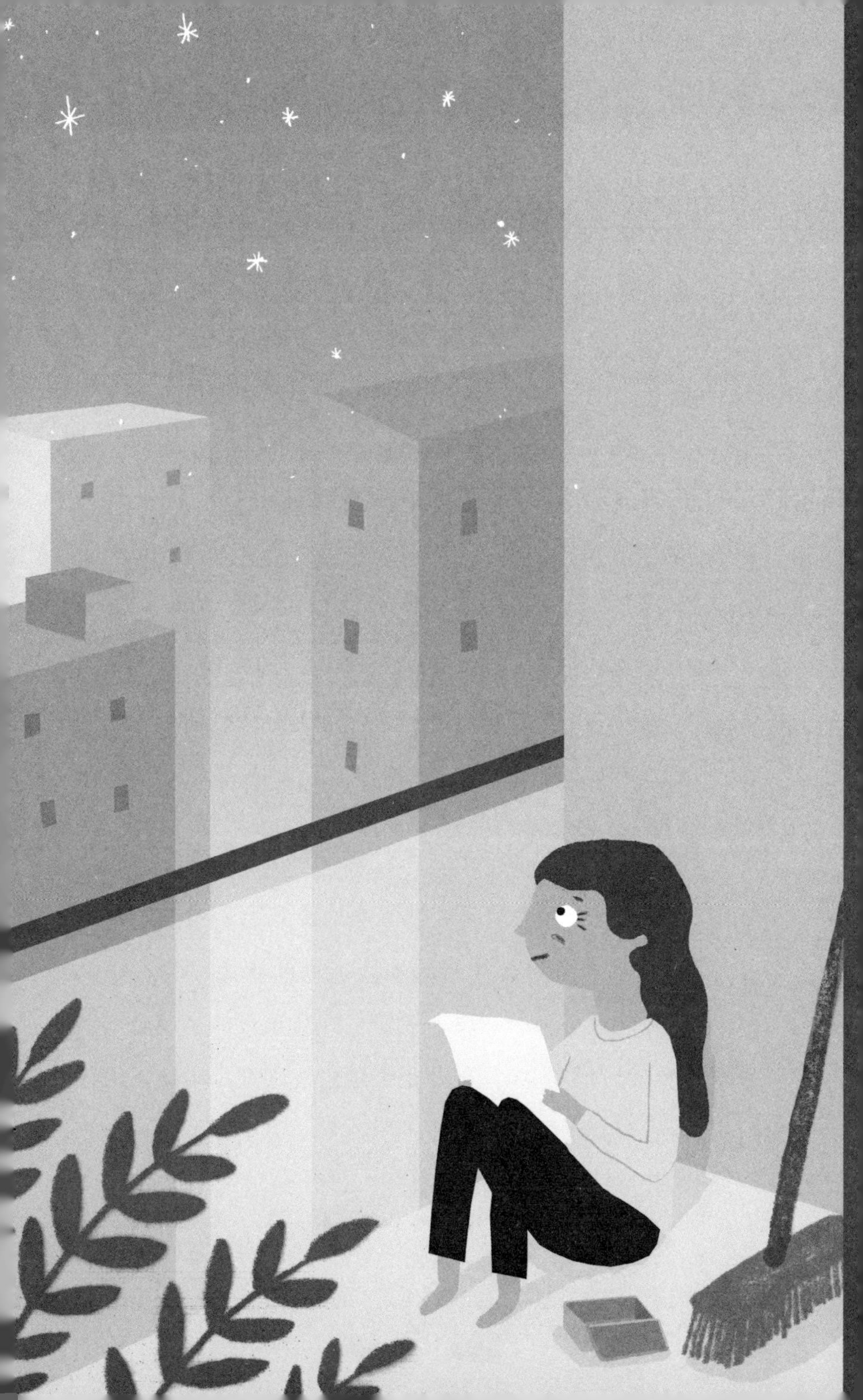

第2章
空气和水

星期六,天气变得越来越热——电视上的气象预报员说气温已经达到了

28摄氏度。

气象预报员说这比希腊还热。不过露比对希腊一无所知,所以这对她来说没有什么意义。她踢掉了毯子。

露比能听见弟弟正在妈妈床边的婴儿床里哼唧,一辆警车尖叫着驶过下面的街道,警笛声在公寓楼的灰墙之间回荡。露比还没打算起床,可还是强迫自己睁开了眼睛。她怀疑自己还能不能睡成懒觉。

妈妈出现在门口,脸色苍白,眼睛低垂。"对不起,

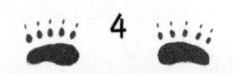

露比。"她用只比耳语大一点儿的声音说道,"我一宿没合眼,你能帮我看一会儿利奥吗?我需要补一觉。"每当妈妈这样时,露比都不知道该怎么办,仿佛妈妈眼中所有的亮光都消失了,这让露比非常难过。

妈妈把利奥交给露比,露比让他坐在床上,拿起他最喜欢的毛绒鸭子,来回摆动着配上嘎嘎的声音。妈妈已经好几个星期状态不佳了,每当这种时候,便意味着露比必须代替妈妈的角色。她不介意帮忙照顾弟弟,可是有时候很难既照顾利奥又照顾妈妈。

"嘎嘎。"露比一边说,一边在利奥面前摇晃鸭子。这些天来,她一直想教利奥学会说"嘎嘎"——却一次也没成功,"嘎嘎,嘎嘎。"

利奥对鸭子失去了兴趣,他想吃早餐。露比叹了口气,下了床,穿上裤子和T恤,抱着利奥走进厨房。她喂了他一些吃的,然后抱着他走向窗口。有什么东西吸引了她的视线……天上的东西。他们来到窗口,想看得更清楚些。

她用手指着,兴奋地大笑起来:"快看,利奥!在那儿。"她在现实生活中、在这个城市里可从来没见过这东西,一只**彩色热气球**高高地飘过了屋顶。

露比揉了揉眼睛,想看得更清楚些。她看见它飘过了没有一丝云彩的碧蓝天空,好想知道谁在热气球里。她想象自己正飘浮在高空,俯瞰着世界,那一刻她感觉像鸟儿一样自

由。"来吧。"她说着，抱紧了利奥，"咱们出去吧，我讨厌被关在笼子里的感觉。"

露比给利奥穿好衣服，看了看妈妈，她已经熟睡。他们乘电梯下了楼，朝公园走去。每天的这个时候，大街上都非常忙碌。拥挤的人行道和汽车尾气不断增加着热度。露比穿过街道，走上一条环绕公园的小路，这意味着她可以经过新建的滑板公园，那是全世界她最喜欢的地方。她尽量贴着布满涂鸦的墙壁走，墙上的图案和颜色可以让她融入其中，没有人会注意到她。很快，她就听到了轮子在水泥地上滑过的隆隆声和咔哒声，眼角余光里满是玩滑板的人前后滑动时的流光溢彩，他们在跳跃、在滑行，他们在喝彩、在大笑。

每个人看起来都十分开心。露比放慢了脚步,却没有停下来。她认出其中一个男孩和她同校同年级,露比赶紧低下头,匆匆忙忙地走开了。被人看到推着自己的小弟弟四处转悠,绝对不是一件很酷的事。

她下了小坡,朝池塘走去。阳光吸引了很多家庭走进公园,这让露比感到更加孤独。

他们来到水边,利奥伸出手说:**"呀呀。"** 露比笑着在弟弟的婴儿车旁蹲了下来。

"你会说了,利奥,你想说'嘎嘎'对吧,来,击掌庆祝!"她举起弟弟的小手,碰了碰自己的手,弟弟笑起来:**"呀呀,呀呀,呀呀……"** 他说了一遍又一遍,在座位上不停地前后晃动。

露比从袋子里掏出一把不新鲜的面包屑,一群鸭子朝面包屑扑去,它们用嘴搅动着水面,游来游去等待着更多的面包屑。突然,四周变得非常安静,露比皱了皱眉头,一片**巨大**的阴影正缓缓飘过池塘,水面变暗了,鸭子们拍打着羽毛,嘎嘎惊叫着飞走了。

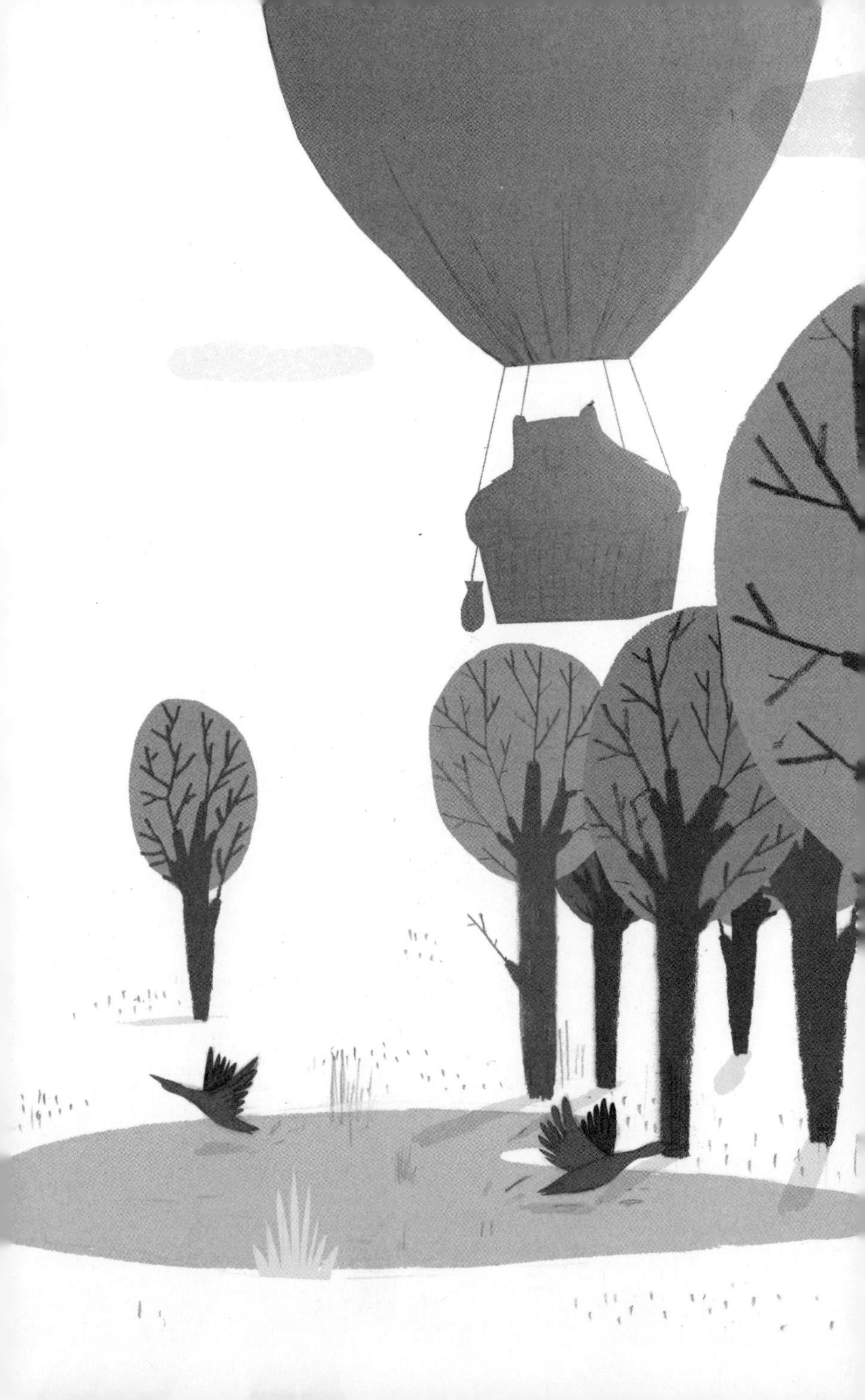

露比抬起头，屏住了呼吸。飘向池塘的正是那只热气球，不过这会儿不是高高地飘在空中，而是刚刚擦过树梢。飘近了的热气球极其巨大，露比都能清清楚楚地看到吊篮。她举起手遮住阳光，想知道自己是不是被光线弄花了眼，因为那篮子里似乎坐着一个巨大的、白色的、毛茸茸的东西。

利奥哭了起来，露比揉揉眼睛又看了一遍，她肯定出现幻觉了吧。

气球越飞越低。随着一道火焰迸射而出，燃烧器发出了一声巨大的**吼叫**。气球慢了下来，轻轻地朝地面落去。

它要着陆了，露比想，在公园里着陆！气球的篮子掠过她的头顶，差点儿撞上她的脑袋，露比赶紧俯下身。

"小心点儿！"露比大喊，一边保护利奥，一边朝气球上的家伙晃了晃拳头。

现在，公园里的每个人都在观望。惊慌的叫声充斥着露比的耳朵，人们匆匆跑开，为热气球让出路来。篮子颠簸着弹跳了几下，翻倒在草地上，巨大的球囊摊在地上堆成一堆。然后，四周一片**沉默**。

每个人都驻足等待着。

然后传来了窸窸窣窣的响声和一声**吼叫**,这次可不是燃烧器发出来的。

人们屏住了呼吸。那里有什么?

球囊布下有什么东西在动。开始只是轻轻抖动,接着在靠近吊篮的地方拱起了一个大鼓包,大鼓包慢慢朝露比的方向挪过来。大家都往后退了一步,只有露比还站在原地。大鼓包刚好在她面前停住,露出五根长长的黑指甲,然后是一只巨大的白爪子,随后又露出了第二只爪子。接着露出一个长长的、毛茸茸的鼻子,最后是一头完完整整的**北极熊**。

露比吓得一动也不能动。

北极熊从球囊布下找出一个破旧的棕色手提箱,然后用两只后腿站立起来,嗅了嗅空气。大人和孩子们全都磕磕绊绊地四处奔逃、大声尖叫。露比抬头看着这个动物，两手叉腰，她知道，这不可能是一头真的北极熊，因为：

（a）北极熊不会生活在这个地方；

（b）北极熊不会乘着热气球飞来飞去；

（c）北极熊不会带手提箱。

露比认为这一定是个愚蠢的玩笑，她才不会上当。她瞥了一眼手提箱，注意到上面有个标签，用冰蓝色的字迹写着：

北极熊先生

露比又看了一眼那头熊。"你是北极熊先生？"她问。

熊朝前走了一步，在露比没来得及反应之前，把它湿乎乎的黑鼻子伸到了她的面前。

第3章
向后和向前

露比向后一仰，尽可能让自己的鼻子远离熊的鼻子。她不得不承认，不管是不是玩笑，那张嘴里呼出的气息都充满了鱼腥味儿。

利奥尖叫着，用手指着熊："**呀呀，呀呀**。"他重复了一遍又一遍。

"闭嘴，利奥。"露比说，眼睛却一秒钟也没有离开过熊。其实，露比并不像她看上去那么自信，而且熊目不转睛地看着她，让她感到极其不安。她抬起婴儿车，将重心放在后轮上，转了个圈。"走吧，利奥，咱们该离开这里了。"

露比确信这肯定是某种圈套，可能哪儿正藏了一架电视摄影机拍下全程，她可不想成为那种看起来很傻的人。她走

到公园边上，扭头检查了一下身后，让她吃惊的是，那头动物竟然就在她身后不远，好像在跟着她走。它看起来真的非常真实。露比加快脚步，径直朝主路走去。非常幸运，她刚到十字路口，信号灯就变成了红色，车都停了下来。露比快速穿过四条车道，走到路对面的人行道上。这次她再回头看时，发现那头熊刚走到十字路口，而信号灯变成了绿色，车流开始移动。露比笑了，现在她总算摆脱那家伙了。

嘀嘀

嘀嘀

嘀嘀嘀嘀嘀嘀

喇叭乱响，刹车声刺耳，一辆车撞上了另一辆的车尾，发出巨大的金属**撞击**声。露比用手捂住嘴巴，惊恐地注视着。那头疯狂的动物在干什么？它不知道不能穿越繁忙的马路吗？露比继续注视着，熊蹦来跳去，想躲开疾驰而来的车辆。最后，当一辆双层巴士轰隆隆鸣着喇叭朝它驶来时，它趴到地上，用手提箱盖住了头。露比用手捂住利奥的眼睛，千钧一发之际，双层巴士打着滑停了下来。那头熊趴在地上一动不动。

露比把双手放在嘴边朝熊大喊："快退回去，你得等红

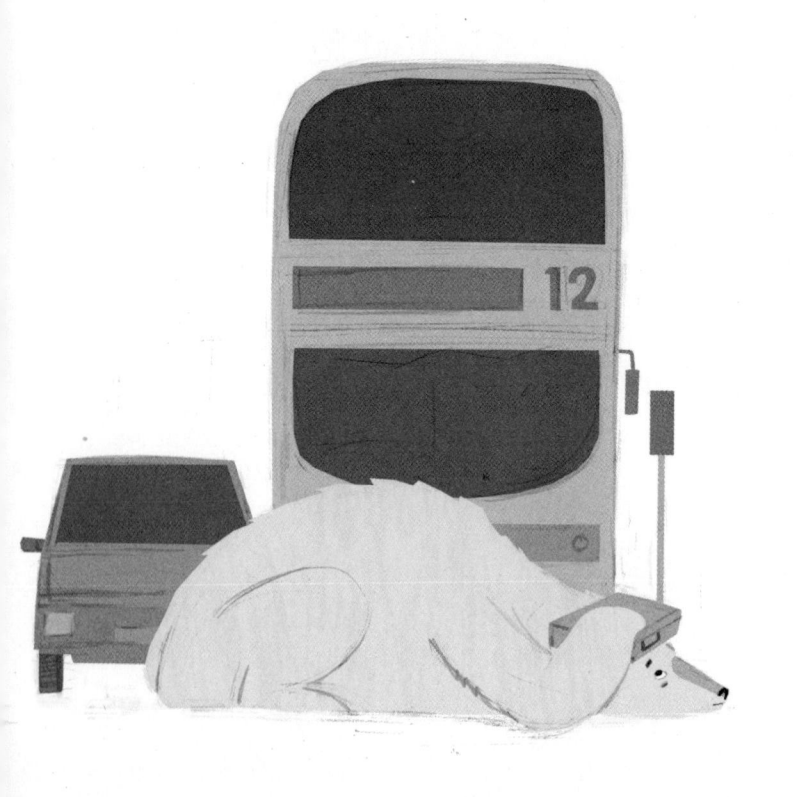

灯！快，**回去！**"可是熊好像被吓傻了，根本动不了。

终于，信号灯又变成了红色，露比看到那头困惑不已的熊拖着行李箱，摇摇晃晃地过了马路。她忍不住想，那头熊好像跟她一样——**完全吓呆了！**

她继续上路，推着利奥能走多快就走多快。当她沿着街道往前走时，路人纷纷让到了一旁。真是奇怪！她也不太喜欢他们看她的方式。然后，她的颈后生出一种异样的、麻酥酥的感觉。他们是在看她吗，还是看**她身后**的什么东西……

她停下来，深吸一口气，然后转过身。熊往后跳了一下，睁大黑黑的眼睛。它肯定是**紧紧**跟在她的身后。第二次近距离接触，露比不得不承认，它真的很大，而且十分可怕。她皱起眉头，很想知道为什么没有人停下来帮她——他们只是远远绕开，好像根本没有看见熊。看来只能这样了……她得靠自己解决。

"我说，我不知道你想要什么。"露比用她最严厉的语气说道，"不过我不得不告诉你，你开始让我害怕了。现在**不要**再跟着我，回你该去的地方。"她胡乱指了一个她以为是北极的方向。

熊晃了一下，却没有移动。

"或者，你想找动物园的话，最好找街角商店的杰伊先生问路，他什么都知道。你找他会很有帮助。赶快，去吧，**走开！**"

熊皱了皱鼻子，却丝毫没有要走开的意思。

露比耸了耸肩："你看，我很抱歉，可不管你到这儿来是为了什么，我都无能为力。遇见你很有趣，但我得回家了。"

这次露比走得比任何时候都快。北极熊的大爪子在人行道上发出

扑通， 扑通， 扑通

的声音，这声音准确无误地告诉露比，它依然跟在她后面。即便这真的是个玩笑，也一点都不好玩儿了。离家越近，露比越感到不安。转过最后一个弯，露比拐进了榛子农场住宅区，然后突然奔跑起来，能跑多快就跑多快，径直冲向自己家的公寓楼。她跑进单元门，一遍又一遍地按电梯按钮。

"快，快！"她朝着电梯门喊。她在想能不能走楼梯，但不可能，她没法抱着利奥、扛着婴儿车爬上22楼。

终于，一楼的按钮亮了，就在露比刚好看到熊走进了单元门时，电梯门唰地一下开了，她把婴儿车拉进电梯，按了22楼的按钮。电梯瞬间就关上了，一道结实的铁门挡在了她和那头动物之间。

露比靠着墙，舒了一口气。电梯动起来，咔哒咔哒一路升到22楼才停下来。露比希望妈妈一觉醒来之后感觉好些了，她不确定该不该把熊的事告诉妈妈。也许只有露比知道会更好，她不想给妈妈带来不必要的担心。

电梯门开了，露比掏出钥匙，朝家门口看了看，她**惊呆**了。

第4章
进来和出去

熊正在她家门外，斜倚着门呼呼喘粗气呢！他肯定是一路飞奔着上楼的。露比不知道该怎么办。眼下的情况变成了最重要的事。当一头北极熊堵在你家门口，你没法视而不见。

"听我说，"她用手指着熊的鼻尖说，"熊是不可以待在这儿的，你正在私闯民宅，要是被人发现，你会有**大麻烦**。"

北极熊先生盯着他手提箱上的标签。

"不管你是谁，北极熊先生，这儿不允许有熊，一头也不行。现在，如果你不介意，我得进去了。"露比想从熊旁边挤过去，便一脚踢开了他的手提箱，箱子倒下后，上面的标签翻了过来。

露比抓起标签一看,倒吸了一口气。

> 榛子农场

标签上写得一清二楚,现在露比知道熊为什么会出现在这儿了,他肯定弄混了她家的地址。露比蹲下来,指着标签上的字:

"你找错地方了,先生,这里是榛子农场住宅区,你要找的是一个*真正的*农场。你知道,就是那种有田野有牛有羊什么的农场。"

熊朝四周看了看,扶起他的手提箱,但仍然没有动。

"好吧,随你的便,你愿意坐就坐在这儿,不过很快就会有人把你带走。说实话,如果我是你,趁还没被抓住,我会马上走。你可想不到到时他们会怎么对付你。"

露比使劲儿推了北极熊先生一把,他打了个趔趄,刚好能让露比开门进去。露比赶紧用钥匙拧开门锁,把利奥推进房间的安全地带,回身一脚关上了门。可是,她没有听到预想的咣当声,而是一声柔软的"砰",门被弹开了。挤在门缝里的，是一只巨大的毛茸茸的爪子。

露比伸出双手开始反击，她使出最大的力气想把那只爪子**推**出去，可是熊又挤了回来。露比远没有那么强壮，熊更使劲儿了，露比的脚开始在光滑的地板上打滑。她根本无力阻挡，不一会儿，熊将他巨大的脑袋探了进来，随后整个身体都挤进了门。

天哪！ 露比用双拳抵住双颊，努力不让自己惊慌。妈妈很不喜欢有人来访，而露比根本想不出该怎么解释一头北极熊进了家门。在她目光所及之处，根本没有能让他走动或把他藏起来的空间。公寓太小了——三个人住都勉强，更别提再来一头熊了。

北极熊先生朝四周看了看，放下了他的手提箱。他径直走进客厅，找到一个靠近窗口的位置，蜷起四肢，趴了下来。

"露比？"妈妈在卧室里喊道，"露比——是你回来了吗？"

"是的，妈妈。"露

比尽量让自己的声音听起来很正常。

"现在是什么时候了？"

"该找新公寓的时候了，我想，家里有点儿挤。"

"你说什么？"妈妈问。

"别担心，没什么，你待在床上吧。"

露比摘下帽子，把手指插进头发里，想找到能快速解决这个问题的办法。但她很快就得出了结论：对于一头不期而至的北极熊，你根本没有任何解决办法，无论是快速的还是不快速的。她只得尽最大努力去应对了，并且希望没人注意到。虽然不太可能！

利奥开始哭起来，挣扎着想从婴儿车里出来。

"嘘，嘘，嘘。"露比说着，解开车上的带子，"咱们可不想让妈妈这会儿就进来。"

太晚了，妈妈已经拖着脚步走出了房间。她打着哈欠，用手遮住耀眼的阳光，一直走到窗边的椅子旁，坐了下来。

"妈姆——姆——姆。"利奥牙牙学语道。

妈妈伸出手臂，露比把利奥交给她。他站到妈妈的膝盖上，上下蹦跳。妈妈微笑着，然后注意到了那堆毛茸茸的东西。她紧紧闭上眼睛又睁开。"那是什么？！"她问，声音尖厉又发颤。

"什么?"露比说,因为她想不出别的话来。

"那个!" 妈妈指着北极熊先生说。

"啊,嗯——,这个嘛……"露比咬着嘴唇,"好吧,我不是百分百确定,不过我想他是头北极熊。"

好了,她说出来了,她看见妈妈一脸困惑。

"我知道你以为我脑袋有点儿糊涂,露比,可**真的**吗?北极熊!我可不信。"

就在这时,北极熊先生抬起头,打了个大哈欠,露出了**所有的牙齿**。

妈妈尖叫着跳起来,把露比拉在怀里。

"我正要告诉你呢,"露比从妈妈死死抓住的手里挣脱出来,轻轻说道,"你得平静下来,没事的,我保证。"

妈妈的呼吸变得急促，脸色越来越苍白。焦虑是妈妈最严重的问题，所以露比得先让她平静下来。

"他看上去非常友善，"露比安慰道，"不会伤害我们的，我保证。"露比尽量让自己听起来很有说服力。

妈妈在椅子里蜷缩成越来越小的一团，利奥也变得不舒服起来。"可是，北极熊来这儿……来我们公寓干什么？"

露比希望自己知道答案。他当然不是来让日子变得更轻松的。

"他的热气球落在了公园里，他就跟着我回家了，我只知道这些。"话一出口，露比就意识到自己听起来有多么荒谬，可她还是接着往下说，"他的名字叫北极熊先生，他的手提箱上写着他要去榛子农场。"

"手提箱?"妈妈尖叫道,"榛子?"

北极熊先生站起来,伸出了爪子。妈妈挣扎着从椅子上站起来,退到了墙边。

"把他弄出去。"

妈妈大喊,她的呼吸声尖厉刺耳,只有北极熊先生喉咙深处发出的低吼能与之相比。

"好了。"露比语气坚定,站到熊和妈妈中间,"我们都需要做几次深呼吸——也包括我。"露比一边演示,一边看着妈妈和北极熊先生慢慢地跟着她做起来,"吸气,数五个数;呼气,数五个数。吸气,数五个数;呼气,数五个数。"她吸气时举起胳膊,呼气时放下胳膊。露比的校长教大家集体学习冥想时,就是这么教的。露比重复了一次又一次,直到妈妈和北极熊先生看起来平静了些。

"现在好多了。"露比说。

"可是我们该怎么办?"妈妈说,她的声音还在发抖,"我们不能让他留下。我是说,要是有人发现他,我们会被赶出去无家可归的,那该怎么办?还有我们怎么喂他?你怎么照看一头北极熊?"妈妈的呼吸又加快了,然后她开始哭起来。

露比从妈妈怀里接过利奥:"你回到床上压压惊,也许会感觉好一些。我保证我们会处理好,肯定没有想的那么糟。"

"也许比我们想的还糟。" 妈妈说,露比扶她走回卧室,又把利奥放进婴儿床里让他小睡一会儿。

露比担心,妈妈可能是对的。她怎么知道如何照顾一头北极熊?照顾她的家人已经很吃力了。有一件事可以肯定,那就是尽管露比许愿想要一个大大的生日惊喜,北极熊先生可绝对不算。

第5章
上玄和下来

北极熊带来的冲击似乎使妈妈陷入了深深的黑暗,露比感到无能为力。她给妈妈拿来一杯饮料,坐在她旁边,但妈妈不想离开床或房间。

露比搜寻着冰箱,想找点吃的调动妈妈的胃口。放了很久的奶酪边缘已经变硬,豆子上面长了绿毛。她检查了一下牛奶的日期,打开盖子闻了闻,随后便倒进了洗碗池。高温之下,冰箱也无法正常工作了。

没办法,露比需要去一趟超市,否则他们都得挨饿。她找到妈妈的钱包,倒空了里面的东西,35英镑63便士[①],应该够了。可那头熊该怎么办?她认为不应该把他留在公寓里

[①] 约合人民币292元。——编者注

跟妈妈一起，所以她希望他能跟自己走。

露比把钱塞进口袋，带上利奥。她离开公寓时，北极熊先生立刻跟在了后面，好像一个巨大的阴影。她按了电梯按钮，然后朝北极熊先生指了指楼梯。"我会在一楼门口等你。"她说，这时电梯门砰的一声开了。

北极熊先生看着露比和利奥走进了电梯，然后跟着他们挤了进来，把他们挤进了狭窄的角落里。

"我的天哪。"露比嘟囔着，清理眼睛和嘴里的北极熊的毛，又尽量为利奥弄出一点儿空间，"这里装不下你，北极熊走楼梯。"

太晚了，电梯门已经关上了，北极熊先生突然**大吼**一声，露比的耳膜差点儿被震破，整个电梯都在颤抖！门又自动打开了，北极熊先生发出一声呜咽，紧张地看着身后。隔着一堆毛，露比什么也看不见，不过她猜他的小短尾巴刚才肯定被电梯门夹住了。

"我说过你不适合坐电梯。"露比说，"你想出去吗？"

北极熊先生不想出去，反而又往里面挤了挤。

"好吧，这次让你的屁股离门远点儿。"

露比摸索着按了一楼的按钮，门关上了。电梯发疯似的哐当哐当开始下降。露比不确定一头熊到底有多重，以及

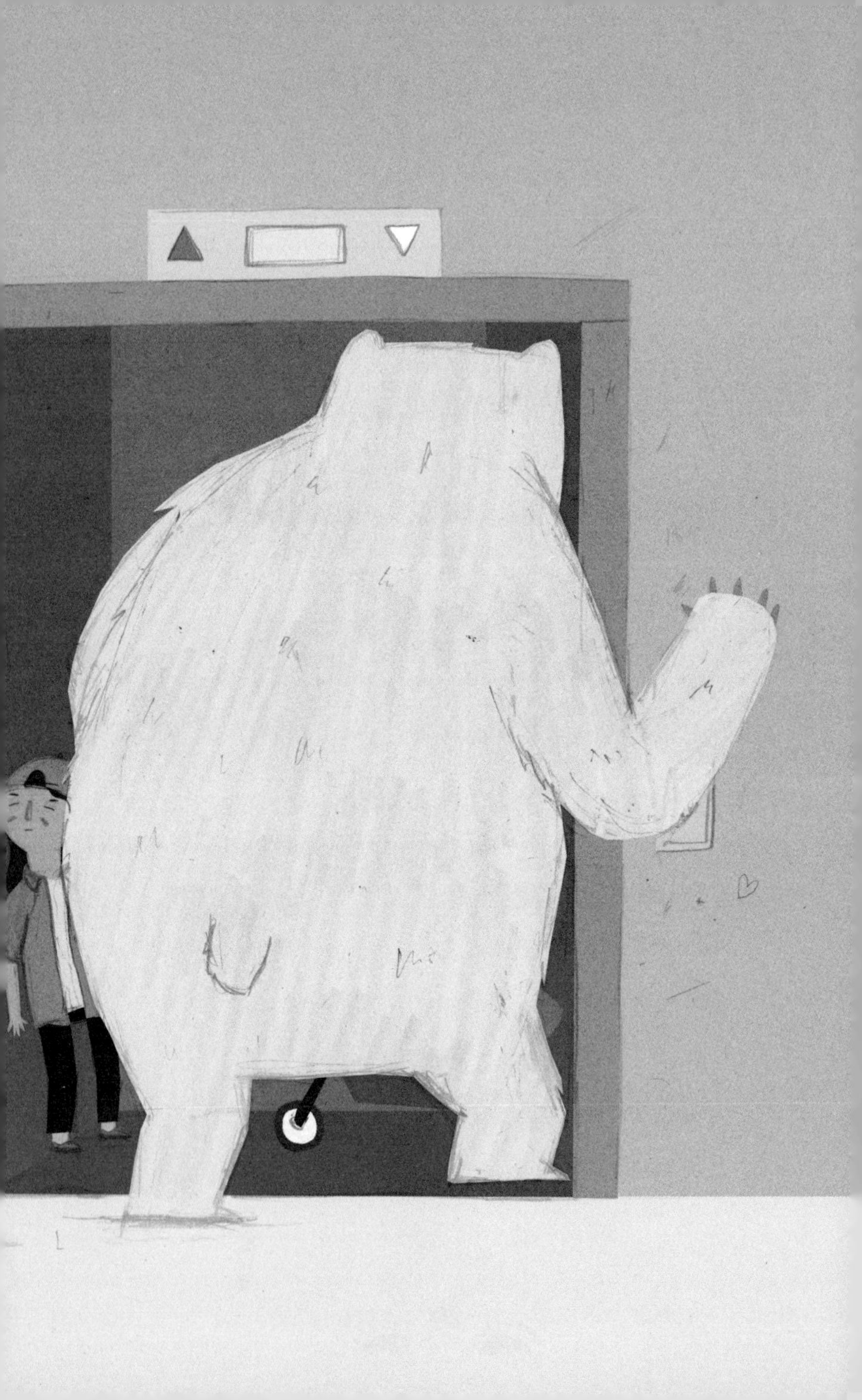

这架生锈的电梯能不能承受得住。他们下了一层又一层。每下一层,指示灯都会亮,北极熊先生的黑眼睛也跟着一眨一眨。电梯吱吱嘎嘎停在了一楼,门打开时有一瞬间的沉默。

"现在出去吧。"露比说,可是北极熊先生另有打算,他伸出爪子,按了最上面的按钮。

"你在干什么?"当电梯开始再次上升时,露比大喊,"你知道这可不是游戏。"

他们升了一层又一层,北极熊先生咧着嘴扭来扭去。

当他们到了25楼,露比又一次按了一楼按钮。

他们到了一楼,又重新上升,上了下,下了上,露比什么也做不了。她无法阻止北极熊先生按按钮,除非北极熊先生走出去。她和利奥被关在了里面,如果他一直这样,恐怕他们一整天都要待在电梯里了。

第三遍升到顶楼又下来时,露比使劲儿跺了跺脚。

"到此为止,北极熊先生,**够了!停下!出去!**"

北极熊先生的鼻子伸到空中,爪子在"25"上面徘徊。

"**不,**"露比大声喊道,"**不,不,不,不,不!**"她瞪着北极熊,北极熊也回瞪着她,"如果你打算留在这儿,就必须明白一些规则。"

僵持了几秒钟,最后北极熊先生放弃了,他拖着脚倒

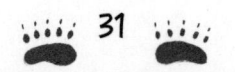

退着出了电梯，露比踮着脚走出门，沿着大街往前走，北极熊先生扑通扑通乖乖地跟在后面。平常，露比会坐公交去超市，可是她不确定熊是否能乘公交，所以她决定最好走着去。太阳火辣辣地照着，露比似乎能透过鞋底感受到人行道的温度。可怜的利奥热得小脸跟草莓一样红，北极熊先生扑通扑通的脚步声也越来越慢，越来越慢。等走到超市时，他们三个差不多快被烫熟了。但那还不算什么问题。

她盯着门上的标牌。

狗狗禁止入内，导盲犬除外

北极熊先生已经走进了门，露比根本无法阻止。她又确认了一下标牌，上面只说了狗，没说北极熊。她抓起一辆购物车，跟着熊走了进去。

"行，"露比小声说，"你来推……可不要做傻事。"

刚开始时很顺利。香蕉、土豆、麦片、面包。北极熊先生推着购物车，露比一边查看价格，一边记下每项花销，确保钱够用。咖啡、牛奶、苹果汁、奶酪、意大利面、番茄罐头，还有婴儿食品。露比松了一口气，现在只剩下冷冻区了。

"冻鱼条。"露比说道。北极熊先生让身体尽可能靠近巨大的冰柜，鼻子贴着冰柜边缘，这样他就能嗅到冰冷的空气。

露比挑了几种不同牌子的冻鱼条，花了点时间比较价格和质量，因为她的数学不是很好。北极熊先生把脑袋埋进冰柜里，用牙齿叼起了一大盒冻鱼条。

"不要那个。"露比说着，抓住盒子放了回去。

熊又叼起了一盒，然后又一盒，接着用爪子抓起一大捧丢进购物车里，速度越来越快。很快，购物车里堆满了盒子，堆得装不下，开始往地板上掉。露比用最快的速度把东西扔回冰柜，可她还是赶不上北极熊先生。很快，冰柜的一半都被掏空了，他停了下来。

"你结束了？"露比问。

北极熊先生把购物车踢到一边，抬起一只毛茸茸的腿越过了冰柜的边缘，然后是另一只腿。

露比惊恐地看见

北极熊先生熟练地把自己的

整个身体

移进了放冷冻食品的地方。

冷气咝咝上腾，绕着他打转，他闭上眼睛，肚子往下一沉，发出了一声响亮的"**哈噗**"。

现在怎么办？**现在怎么办？？？？？？**
利奥咯咯笑着，想从婴儿车里挣脱出来加入北极熊先生。露比竭力不让自己惊慌。

一小群围观者很快就变成了一大群，有人叫来了经理。他十分干练地走过来，朝冰柜里看了看，脸上现出一丝厌恶的神色。他试着开口好几次，但都结结巴巴地停了下来。最后，他清了清喉咙，让自己镇定下来。

"**谁**是这头北极熊的主人？"

没人回答，露比才不会承认自己是熊的主人，他不是她的。虽然他不请自来地进了她家，又跟着她来到超市，但他并不属于她。

"好吧，肯定有人把他带进了超市，北极熊可不会四处溜达。"经理说。

"他是跟我来的，"露比小声说，"但他不是我的。"所有的眼睛都看向露比，露比讨厌成为关注的焦点。

"你得把他弄出去。"经理在一个小红本上快速做了些笔记，"超市——禁止——动物——进入，你明白吗？"他做了更多笔记，然后翻到下一页，"其中包括北极熊……"他用铅笔搔了搔头，"我想是的。"

顾客们点着头，发出啧啧声，发表着没有任何帮助的评论，比如"是不该允许进入"等等。北极熊先生睁开一只眼睛又闭上，把头藏在了一大袋冷冻豌豆下。经理挺起胸膛说道：

"你，听好了，赶快从冰柜里出来，离开我的超市，否则我就要被迫采取严厉措施了。"

北极熊先生开始大声打呼噜，这让经理越来越愤怒。露比知道这事很严肃，可麻烦的是她却

忍不住想大笑。

"可怜的家伙,"她身后响起一个声音,"我想他肯定是热坏了。北极熊真的不适应这种天气。"露比看了看这位站在她身旁的老太太,她卷曲的灰白色头发梳到脑后,用一条彩色丝巾扎起来,脖子上戴着亮橙色的圆珠项链。

露比确信自己见过她,可这会儿没时间回想。经理正忙着数露比购物车里的冻鱼条。"我希望你付得起这些。"他说着,在一张纸上草草记下了一些数字,"我们不能再放回去出售,因为已经被熊摸过了。"

人们点头表示赞同。

露比瞪大了眼睛,她根本没有足够的钱支付这些冻鱼条,她可能需要几个星期,甚至几个月才能攒够。要是她付不起,他们会怎么办?把她送进监狱?老实说,北极熊先生进冰柜并不是她的错,又不是她把他推进去的。她感到肚子里有一股灼烧感……当事情失控时,她总是会有那种感觉。

"你们别看了!" 她大喊着,踢开了地板上的几袋冻鱼条,"不关你们的事,该干吗干吗去,不要在这里乱嚷嚷了。"

大家都气呼呼地抱怨着走开了,只有那位戴亮橙色项链的太太没动。"说得好,"她小声说道,"就是这样,这些人就只会指指点点,我倒想看看他们处于你的情况时会怎么做。"露比看着北极熊先生摇了摇头,她要怎么做呢?

"你需要帮助吗?咱们俩一起会容易些。"那位太太眨了眨她的棕色眼睛,对露比友好地微笑了一下。

"没关系,我自己处理吧。"露比捡起散落在地上的几盒冻鱼条,扔回了冰柜。她才不在乎那个蠢蛋经理说的话。

"我在榛子农场见过你,对不对?"那位太太问,"我想你住在我们楼上。哦,对了,我是莫尔斯比太太,见到你很高兴。"

莫尔斯比太太伸出手，露比不确定该不该握。她觉得自己见过莫尔斯比太太，可是她也知道不该跟陌生人说话，当然也不能和陌生人握手。

"如果我是你，"莫尔斯比太太说，"我想我会让你的熊留在……"

"可你不是我，而且这也不是我的熊！" 露比说。为什么人们以为可以随便干涉别人？

"好吧，"莫尔斯比太太继续说道，"我只是认为，如果你把这头熊先留在冰柜里乘凉，你去付钱，然后我们想办法送他回家，这样会容易些。顺便问一下，他住在哪儿？"

"我怎么知道？"露比说，"他只是暂时睡在我们家地板上，可他并不跟我们住一起。而且我付不了钱，我没有那么多钱。"

"哦，也许我可以借给你一些？"

露比怀疑地看了看莫尔斯比太太："你在逗我玩儿吗？我不会借你的钱。那是那头熊的问题，不是我的问题，我要走了。"

露比带着利奥快速跑出了超市，把她的购物车、那头北极熊，还有一脸惊讶的莫尔斯比太太都留在了身后。

第6章
秘密和谎言

远离超市里那些注视着她的面孔,露比的愤怒渐渐消失了,她开始感到内疚。她知道,莫尔斯比太太只是想帮忙,她不该这么无礼。可是,露比不需要任何人的帮助,以前人们也试图帮过他们……比如当爸爸离开,妈妈陷入极度悲伤的时候。但那些帮助似乎并没有带来好结果。在露比看来,帮助只会让事情变得更糟。

她推着利奥朝公交站走去。拜那头蠢熊所赐,她陷入了一堆麻烦,连食物都没买成,不过至少她不用走回家了。坐在公交车上,像今天这样阳光灿烂的日子,她总是会想起爸爸。暑假里,妈妈工作时,她总是跟爸爸一起四处旅行,陪爸爸参加比赛。归途中,如果爸爸赢了,他们就会

兴奋得冒泡。

她会为自己是他的女儿而感到骄傲。而现在再也没有什么能引以为傲的了。她在街角杰伊先生的商店附近下了车,去店里买了一些生活必需品,但买得不多。她喜欢杰伊先生,可是他的东西有点贵。

"我正希望碰到你呢,"杰伊先生说,他给露比购物篮里的东西扫码,又一样样放进露比的袋子,"我给你留了一份你最喜欢的杂志,是上个月的,还不是太过时。"他从柜台下拿出一本**《滑板漫话》**递给了露比。露比只瞥了一眼封面的滑板选手,就开始手指发痒想翻开看了。她把杂志塞进婴儿车后面。

"谢谢您。"

露比说。

杰伊先生扫完最后一样东西,放进袋子里:"顺便问一句,你妈妈怎么样了?"

"她还好,在努力,您知道的。"

"嗯嗯,"杰伊先生说,"我已经好久没在她的店里见到她了——看起来已经关门了——我希望她能修修我的车,今天早上在信号灯那儿,我的车和另一辆车撞了,路上有一头大动物引发了混乱,结果我的车头被撞了一下。"

露比的脸颊灼烧起来,她递上钱等着找零。她有一种不好的预感,路上的那头动物可能是一头北极熊。还有,要是杰伊先生需要妈妈的帮助,那意味着不是个好消息——至少对杰伊先生来说不是个好消息。妈妈很擅长修理汽车,能把它们修得跟新的一样。她从来不逃班,可自从爸爸离开后,她再也没进过工作间……差不多有一年了。

"我会告诉她的。"露比一边说一边把零钱放进口袋,"不过她现在有些忙。"

露比习惯了撒谎,她不得不对每个人撒谎——对杰伊先生,对学校,对她接触到的所有人。她不能把妈妈的问题告诉任何人,因为妈妈说,人们不一定能理解,要是他们认为她病得很厉害,就会带走露比和利奥,把他们一家拆散。露比绝对不允许这样的事发生。

一手推着利奥，一手抱着装生活用品的袋子，露比好不容易才走出商店的门。她路过了杰伊先生那辆被撞坏的汽车，他说得没错，的确一团糟。一天之内，那头北极熊已经造成了一大堆麻烦。

露比想知道他现在在哪儿，满心希望他正在回北极的路上……**千万不要**……

她走到公寓附近，发现一辆给超市送货的大卡车正停在外面。北极熊先生从卡车的后门跳了出来，后面紧跟着莫尔斯比太太。随后，露比惊恐地看到司机开始卸下一箱又一箱的冻鱼条。

她正想藏起来，或者溜过去直接上楼，可是太晚了，莫尔斯比太太发现了她。

"我们处理好了。"莫尔斯比太太说着，往下拉了拉她的裙子。

"发生了什么?"露比问。

"哦,我不得不想尽办法把那头熊弄出超市。他们说,要是我买下这些冻鱼条,他们就免费送货上门,包括这头熊。北极熊先生进车厢时好像很紧张,所以我决定最好跟他一起坐车回来,这一趟可真不容易。"

"您把这些都买下来了?"露比知道她必须快点让他们再拉回去,她可不想估算这些东西得多少钱。露比大步朝司机走去:"我们不需要这些货,谢谢您。您可以都拉回去。包括那头熊,要是您愿意的话。"

"我绝不会让那头熊再回到我的车厢里了。"司机说,"我一生中从没经历过这么可怕的事。还有啊,其他东

西都已经签字付款了。"他**嘭**的一声关上后门，钻进驾驶室，车轮打着滑，飞快地开走了。

露比盯着人行道上那一大堆冻鱼条，而那辆卡车早已消失在远处。

"这么多东西该怎么办？"露比说。她先看了一眼北极熊先生，又看了看莫尔斯比太太，"我家的冰箱都不制冷了。"

"我可以替你保管。"莫尔斯比太太说，"我家有一个很大的冰箱，平时根本用不上，我正打算处理掉呢。"

"可是谁会吃？您不会真的以为北极熊先生会待在这儿吧，是不是？"

"我认为他会。"莫尔斯比太太说。

露比努力想理清自己的思路。当然不能浪费这些食物，可是她想不出来自己能去哪儿弄钱付给莫尔斯比太太。她不知道那头熊打算在这里待多久……甚至他到底有没有打算。要是她开始喂他，反而是在鼓励他留下，她当然不希望如此。可话说回来，她又怎么能让他挨饿呢。她把脸埋在手中，真的不知道该如何是好。

"不要太担心了，"莫尔斯比太太说，"我很愿意帮助你。"

"我不需要您的施舍，要是您这么想的话。"露比说。

莫尔斯比太太叹了口气："我只是想帮你，没想到冒犯了你。"

露比知道，她应该感激莫尔斯比太太，可要是她永远也还不起那些钱怎么办？露比此时不需要再多一个担心。**她也不需要一头北极熊。**

"我想您需要帮您搬到家里去？"露比说着，叹了口气。利奥开始哼唧了。

莫尔斯比太太摇了摇头："我认为你应该带着弟弟和北极熊先生离开太阳地儿。我已经叫我孙子来帮忙了，他正在路上。我们会处理好的。"莫尔斯比太太挥挥手让他们进去。"露比，"她在他们后面喊道，"你的熊想吃东西的话，随时可以让他下来。"

"**他不是我的熊。**"露比说，"真的不是，不过谢谢您。"露比努力露出微笑，可是她怀疑自己的表情能否让人信服。

"你好像交了个朋友。"当他们搭上电梯时，露比对北极熊先生说。她垂下肩膀，悲伤地笑了笑，"大家都很容易交到朋友，除了我。"

47

第7章
朋友和敌人

"露比·霍尔顿,你知道不能在课堂上使用手机。这可不是我第一次提醒你了。"

露比还没来得及看妈妈的短信,她的老师丹尼斯小姐就越过她的桌子,抢走了手机。"没有得到允许,不可以看手机。你知道这条规则。"

"可是我**得到**过允许,我以前告诉过您。您同意了,记得吗?"

"你没有得到在我的课堂上使用手机的许可。"

"可我妈妈可能发来了重要的短信。"

"你妈妈发来的唯一重要的短信应该是让你像别人一样集中注意力好好学习。"

露比太累了，对任何事都无法集中注意力。因为担心妈妈、担心北极熊先生，以及怎么弄到钱还给莫尔斯比太太，她老是大半夜睡不着。妈妈现在至少习惯北极熊先生了。今天早上露比去上学时，她跟露比挥手告别，并且告诉露比她很好。可是妈妈认为的"好"和露比认为的"好"是两码事，她让妈妈答应要是有什么情况就给她发短信。

露比**嘭**的一声将书放在了桌子上。

"没必要那样。"丹尼斯小姐说，"我保证你妈妈能等到你回家时再告诉你。"

丹尼斯小姐根本不清楚，她什么都不知道。露比努力把注意力集中在眼前的数学课本上，可是一切看上去都模糊不清，她揉了揉眼睛。

"爱哭鬼。"凯丽小声说道。

"我**没**哭。"露比说。

"你哭了。"凯丽说。

够了！ 露比内心的忧虑突然变成了暴怒，她拿起数学课本朝凯丽砸去。

凯丽尖叫着喘起了粗气，教室里哄堂大笑。

丹尼斯小姐盯着露比看了很长时间，然后指着门口："出去，露比，带上你的书。"

露比打开教室门,朝走廊里自己常坐的那张桌子走去。露比常常被赶出教室,有时她反倒觉得,待在那儿远离其他人更好。

当然,下课时她得去见丹尼斯小姐,并且向凯丽道歉。露比非常讨厌凯丽,但她知道,自己不该朝她扔书。这天剩下的时间里,没人愿意靠近露比。她也很想向好朋友泽娜道歉——可就连她也躲着露比,和其他人一起小声嘀咕。

终于到了回家的时间,她去办公室拿回了手机,却发现没电了,无法查看短信。她只能尽快往家赶,坐电梯上到22楼,打开了门。

她立刻意识到,情况很糟糕。

※※※

家里又热又闷，利奥正站在他的婴儿护栏旁，脏污的小脸上淌满了眼泪和鼻涕，已经湿透的尿布耷拉在他的腿上。北极熊先生正在房间里走来走去，满脸惊慌，而且看不到妈妈的身影。

露比推开妈妈卧室的门，房间里一片漆黑。每当妈妈这样时，都让人感到害怕，这是最最糟糕的。

"妈妈？"

没有回答。

"妈妈？妈妈！"

北极熊先生走过来，站在她身旁，把爪子搭在她的肩膀上。爪子很大，却让人感到很舒服。

"醒醒，妈妈。"露比更温柔地轻声说道。

"你去哪儿了？"妈妈的声音近乎耳语，"我联系不上你。"

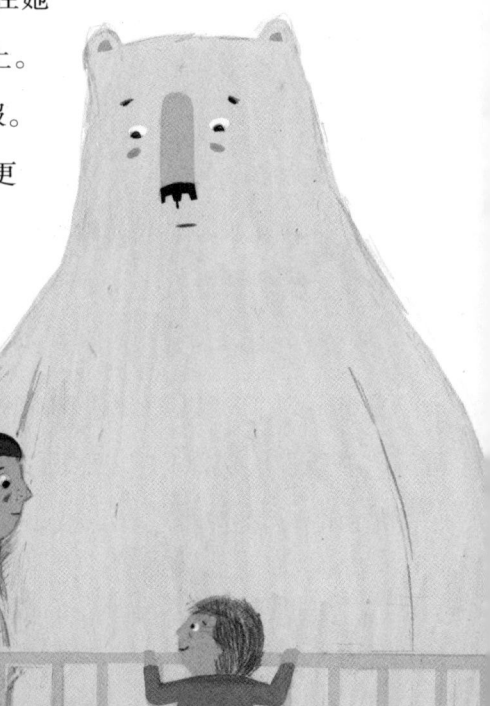

露比闭上眼睛，大大地舒了一口气。当无法叫醒妈妈时，她总是会惊慌失措。

"丹尼斯小姐没收了我的电话，不过现在我回来了，别担心了。"

利奥愤怒的哭号更加响亮了，妈妈用双手捂住了耳朵。

"我去给利奥换尿布，"露比说，"他应该饿了。"

露比知道，当妈妈这样时，她帮不上太多忙。最好去照管别的事，让妈妈尽量多休息。

露比打开护栏的门，抱起了利奥。

"咦。"她说着，用手指挠了挠他的肚子。

露比给利奥换尿布时，北极熊先生把两只爪子放在鼻子上，扭开了头。然后露比把弟弟放进他的椅子里，给他拿来了杯子和食物。

北极熊先生的肚子咕噜噜地大声叫起来。"我想你也饿了。"露比叹了口气，她知道自己没有别的选择，只能付钱给莫尔斯比太太，让北极熊先生去洗劫她的冰箱。

露比喂完利奥，数了数妈妈钱包里剩下的钱，然后他们三个下到了21楼。露比不确定哪个是莫尔斯比太太家，可是北极熊先生把鼻子贴在地板上，一路嗅去，毫不迟疑地走到了21C号房的门口。

"你最好不要弄错。"露比说着按响了门铃,"不然咱们就会惹上

大麻烦。"

门开了,露比松了一口气,正是莫尔斯比太太,她的脸上绽放着大大的微笑。"你们找到我了!"她说。

"是北极熊先生找到了您。"露比说。

"哦,我猜你以前常在海上捕鱼,不然在这么多户人家中你是很难找到你的冻鱼条的。"她爽朗地大笑起来,"你们想进来吗?"

露比犹豫着,她几乎不认识莫尔斯比太太。北极熊先生用鼻子使劲儿推了她一下,接着她就已经站在莫尔斯比太太

家的客厅了。露比狠狠地瞪了熊一眼,等会儿再找他算账。

莫尔斯比太太家里的一切都干干净净、井然有序,就像莫尔斯比太太一样。墙上挂满了照片,给人一种友好温暖的感觉。露比的注意力被一个男孩的照片吸引住了,他正在做滑板特技,也许是个尖翻。

莫尔斯比太太循着她的目光看过去。"那是我孙子,"她说,"他非常喜欢玩滑板。"

露比感到自己的喉咙因嫉妒而哽咽。

"我真的没有太多时间。"露比说,"我需要一些鱼来喂北极熊先生。"

北极熊先生站在厨房门口,就在莫尔斯比太太的冰箱旁边,用一种满怀希望的眼神看着莫尔斯比太太。

"你觉得他想吃几包?"莫尔斯比太太问。北极熊先生的目光在一摞摞冻鱼条上跳跃。

"我的钱只够买八包。"露比说,"您认为这些够他吃吗?"

"今天的够了,也许。"莫尔斯比太太又笑起来,"不幸的是,我想你会发现北极熊的胃口都很好。"她数了八包,把它们倒进一个大塑料盆里。

"不需要弄熟吗?"露比问。

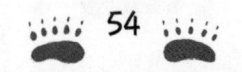

"我认为不需要。"莫尔斯比太太说,"北极熊习惯寒冷和冰雪,看起来他并不挑剔。"

北极熊先生已经把鼻子插进了盆里,把冻鱼条扔到空中又用嘴接住,他们简直看入了迷。利奥拍着手,北极熊先生重复了一次又一次。

"你的熊会点儿杂技哦。"莫尔斯比太太说。

露比抱起双臂。

"对不起,"莫尔斯比太太说,"我知道,他

并不是
你的
熊。"

真是漫长的一天。可是不管怎样,露比发现自己很喜欢来莫尔斯比太太家,她有点不想回家。虽然如此,她不该

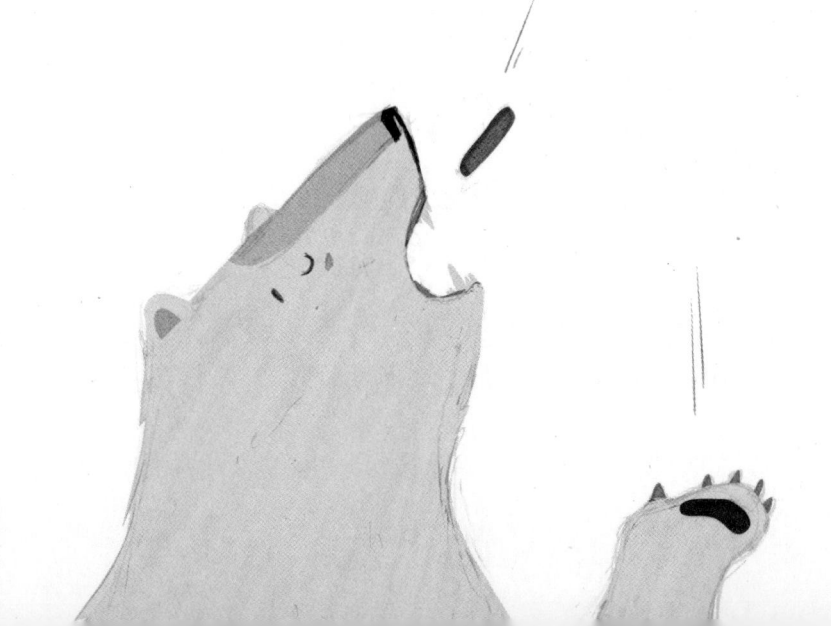

把妈妈扔下太长时间，而且她也需要吃点儿东西——还要打扫——还要照顾利奥上床睡觉——还要做作业。要做的事总是长长一大串，她跟莫尔斯比太太道别，爬楼梯回了家。

露比给妈妈送去一个三明治和一杯茶，带着利奥陪妈妈坐了一会儿。妈妈喝了点茶，三明治却一口没动，露比只好自己吃了。然后，她吃力地把利奥的小床拖进自己的卧室，这样他就不会在夜里打扰妈妈。时间已经很晚了，她换上睡觉时穿的旧T恤，把校服叠好准备明天早上穿。现在，只剩下阅读作业要做了。

她拿起书，这本书叫《北极熊的秘密生活》。今天在图书馆她选了这本书，心想或许能派上用场。她先翻到索引，想看看能否找到关于北极熊和热气球的什么信息，结果一无所获。于是只好翻回第一页读起来，"*北极熊生活在北极圈。*"她静静坐着大声读道。她扬了一下眉毛，*这头可不是*。当一只毛茸茸的长鼻子从卧室门口伸进来时，露比想。"*它们是独居动物。*"她继续读道，这时北极熊先生走进来，挤进了她的床和墙壁之间的缝隙里。"独居。"露比重复了一遍，看了看北极熊先生。

北极熊先生眨了眨眼睛，把头搭在露比身旁。露比翻了个白眼。"好吧，这会是个舒适的夜晚，"她说，"可是对于一头独居动物来说，我们三个睡一个房间，你不觉得有点儿挤吗？"

北极熊先生翻过来调过去，直到让自己趴得更舒服为止。

"嗯，"露比读道，"*它们生活在冰天雪地里。*"

露比放下书，看着北极熊先生："你从家到这儿走了好远的路吧，北极熊先生，你遇到什么麻烦了吗？要不然干吗来这儿？"

北极熊先生望向窗外，他幽深的黑眼睛里有点点亮光在闪烁。露比微笑起来："你知道吗？你的眼睛里有一片夜空。"

北极熊先生慢慢闭上眼睛,开始打呼噜。露比轻轻地从床上抬起他的头,放到地板上。这本书她已经读够了,她不觉得书里能告诉她什么秘密,她可以写一个好得多的版本。

露比关掉灯,躺在黑暗中,可是她的思绪因为担忧转个不停。有时候很难知道该怎样处理这些忧虑。在家里,她会小心地把忧虑藏在心里,可是有时候在学校,比如今天,它会像可怕的**怒吼**一样一发不可收拾,让她无法控制自己。

"我真的不是恶毒的人,北极熊先生,大家都说我是……可我不是,你知道的。"

北极熊先生的 **呼噜声** 更响了。跟一头熟睡的北极熊谈话更轻松,露比想,尽管他不擅长回答。最后她放弃了入睡的努力,重新拧亮灯,拿起那份**《滑板漫话》**杂志,快速翻着书页,用那些精彩的图片和故事来分散自己的注意力。她希望爸爸还在身边,她希望能成为一个滑板冠军,她希望妈妈早上会好起来,她希望她所有的忧虑,包括一头打呼噜的北极熊,都能离她而去。

第8章
问题和办法

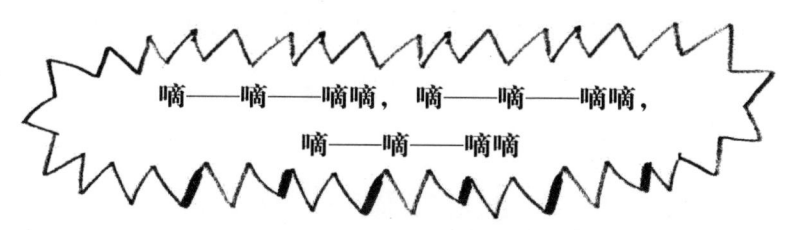

嘀——嘀——嘀嘀,嘀——嘀——嘀嘀,嘀——嘀——嘀嘀

闹钟的叫声把露比从深沉的睡梦中拉了出来,她想知道是不是整座城市都在地震,她的房间在颤抖,耳朵旁边有嘭嘭嘭的巨响。她伸出手去拿闹钟,怎么摸起来毛茸茸的?利奥为什么在笑?

露比慢慢地睁开了眼睛,日光亮得刺眼。**哦,我的天!** 这么说那头北极熊还在,实际上,他正坐在她的床边,用前爪拼命砸那个闹钟呢。利奥正在他的小床上蹦蹦跳跳,咯咯笑个不停。

露比想把闹钟抢过来:"才六点半!让我再睡一会儿。"

北极熊先生把受到重创的闹钟扔到了地板上,露比用被子捂住脑袋,深吸了几口气,才从床上爬下来。她走出乱糟糟的卧室,去看妈妈。

"早上好!"露比一边拉开窗帘,一边说道,尽量让自己的声音听起来无忧无虑,"多好的天气啊。"

妈妈几乎没有动,露比看得出,她已经醒了,却直直地盯着墙壁,好像根本没有看见露比。有时候露比真希望能看到妈妈的脑袋里在想什么。要是妈妈肯和她聊聊,也许露比可以帮上忙。当露比努力想知道该怎么做才最好时,一股绝望的浪潮几乎淹没了她。

"你觉得我们应该找医生来吗?"她问。

妈妈摇了摇头,摸索着抓住露比的手,泪水无声地从脸上流下来:"我不需要医生,我很快就会没事的,不用担心。"

不用担心?**不用担心?!** 露比抑制住心中的呼喊,她怎么能不担心?

"我今天待在家里,好吗?"露比说,"我用你的电脑给学校发一张请假条,就说我又生病了,好吗?"

妈妈点了点头,露比走出来关上妈妈房间的门,就像把她的烦恼都关在了身后。利奥在轻轻地哭泣,露比把他从小床里抱起来，紧紧抱在怀里。

"别哭，"她轻声说，"我会照顾你的，我保证，保证，没人会把我们从妈妈身边带走，永远不会，我们会没事的，你就等着瞧吧。"

这时，露比感到一双巨大的毛茸茸的手臂

裹住了她和利奥，

给了他们一个大大的拥抱。

这个拥抱让她措手不及，

有那么一瞬间，她觉得她也想哭。

可是，没有时间为自己感到悲伤，她推开了北极熊先生。

"太热了，"她清了清喉咙，"我们需要开始忙活了。来，你可以让自己派上用场。"

露比让利奥坐在北极熊先生的两只前爪中间，利奥试图抓住北极熊先生的鼻子尖。北极熊先生很快就掌握了游戏的窍门，他们玩儿了起来。露比微笑着看他们，一边苦思今天缺勤的借口，她已经用过了看病、检查牙齿、奶奶生病、出水痘。她甚至用过一次哮喘，不过接着她的老师就开始问她吸入器的事。露比坐到妈妈的电脑前。

收件人：absences@St.Thomasschool.edu.org

主题：露比·霍尔顿：缺席

非常抱歉，露比今天不能去学校了，她发了高烧，还在治疗中，可能会缺席几天，直到完全康复，我们不希望传染给任何人。

发件人：丽莎·霍尔顿

露比读了一遍，又读了一遍，然后按了**发送**。她觉得这个借口听起来不错，也可能学校一个字都不信，可是没办法。发烧是最好的借口，让她有理由缺席几天。糟糕的是，

她会错过参观博物馆之旅。

她烧了热水,开始准备早餐。电视里正在采访一个少年,他只有十四岁,在街头演奏萨克斯。显然,他的表演引起了很大的轰动。现在他已经进入了一所专门的音乐学校。

采访切换成他演奏的画面,人们纷纷把钱投进他脚边的篮子里。露比调高了音量。

北极熊先生把耳朵贴在电视上,随着音乐左右摇摆他的屁股。

"让开点儿,北极熊先生,"露比说,"我也要看。"

北极熊先生**砰砰**跳起来，左脚右脚来回换，最后竟一条腿站立**转起了圈，**随后他的脑袋撞到灯泡，失去了平衡。

露比跳过去，一把抓住从桌子上掉下来的杯子，扶稳了摇摇晃晃的电视。"我的天，"她说，"冷静一下。你到底从哪儿学会这样跳舞的？"

音乐停止，摄像机对准了少年装满纸币和硬币的篮子。他肯定赚了差不多一百万，而且看起来很简单：站在街上，演奏一曲，就能赚很多钱。问题解决了！露比也能做到！只有一个小问题，正如露比看到的，她不会演奏萨克斯——或者任何别的乐器。她想知道爷爷的口琴放到哪里去了，就在抽屉里乱翻起来，最后终于找到了，裹在一张发黄的包装纸里。

她轻轻地吹响老口琴，嘴唇来回滑动试了几次。然后她使劲儿吹了几下，利奥用手捂住耳朵，紧紧闭上了眼睛。北极熊先生把头藏在了垫子下面。

进展不顺利，露比把口琴扔到了椅子上。

咚咚咚。

露比站住一动不动，妈妈告诉过她，永远不要给任何人开门，因为你永远不知道门后会是谁。

咚咚咚，这次声音更大了。

露比走到门口，喊道："哪位？"

"是莫尔斯比太太。你们到底在里面干什么呢？"

露比舒了一口气，把门打开一条缝，但没有取下锁链。

"听起来你们好像要穿透天花板掉下来了，"莫尔斯比太太小声说道，"邻居们会投诉的。"

"只是北极熊先生在跳舞而已。没有法律反对跳舞，对吧？"

莫尔斯比太太扬起眉毛："没有法律反对跳舞，但是有法律反对在楼里养动物，而且弄出很大噪音。我建议北极熊先生落脚稍微轻一点儿。"莫尔斯比太太看了看周围，检查了一下左右。

"拜托您别告诉别人，"露比说，"我是指北极熊先生。"

"我当然不会。我会帮你保守秘密，为了证明这一点，我给他带了早餐。可能会帮助他安静下来。"她费劲儿地从门缝里送进来两盒冻鱼条，但露比却阻止了她。

"我不能收，"露比说，"等我可以付给您钱时再收。"

"这是我送给北极熊先生的礼物，剩下的我们过后再处理。不过，你可以让我进去吗，这样事情会容易些。"

露比摇了摇头，让莫尔斯比太太进来恐怕不会让事情变容易。"妈妈不喜欢陌生人来访。"她说着，眼睛快速朝妈妈的房间看了一眼。

莫尔斯比太太摆弄着她的亮橙色珠子："也许你可以把我介绍给你妈妈，要是她在的话。那样我就不是陌生人了。"

"我不能，"露比说，"她得了流感。"事情变得越来越复杂，得让莫尔斯比太太赶快下楼去。

"露比，希望你不介意我问，可你不该在学校吗？"

露比很介意她这样问，莫尔斯比太太开始让她感觉不舒服了。

"我也得了流感，北极熊先生也是，非常严重的那种，所以我不能跟人接触。"听到自己的名字，北极熊先生滑到门口，露比好不容易才

嘭

的一声关上了门，时间刚刚好，她可不希望北极熊先生搅进这场谈话。

"看看你都干了什么，"她朝北极熊先生转过身，"我们不需要人们在这儿探头探脑、干涉咱们的事。我们不需要吸引别人的注意力。"

露比靠着门滑坐到地板上，把冻鱼条盒子塞到身后，仰头看着这头北极熊。要是你家里有一头北极熊的话，很难不

引起别人的注意——那种不太好的注意。她拿起口琴吹了几个音。

"我希望你不介意我这么问,"她说,"不过你打算待到什么时候——确切日期?"

北极熊先生开始配合着口琴声拍打爪子。利奥在他的婴儿护栏里大叫起来。

"**嘘**——你们两个,不然莫尔斯比太太又要上楼来了。"露比说。

露比继续忽高忽低地吹着找不着调的口琴,一边浮想联翩。她知道莫尔斯比太太是对的,她应该在学校,她希望自己没有那么无礼,因为莫尔斯比太太对她很好,只是想尽力帮助她而已。只是,把人推远更容易——特别是当他们开始问问题的时候。

不过,她的脑海里有了一个想法。要是她能付钱给莫尔斯比太太,那么一个问题就可以解决了。然后是帮妈妈重新振作起来……再然后她会回到没有朋友的学校……还有把这头吵闹的北极熊弄出她的家。

她停止了吹口琴,但北极熊先生却没有停止跳舞。露比朝他的爪子踢了一脚,他躲开了,继续扭动。

"**停下!** 拜托!我们会被赶出去的。"

嘭，嘭，嘭， 北极熊先生的爪子使劲儿敲打着地板。

"闭嘴！" 露比失控地大喊着，把口琴朝北极熊先生扔去。

口琴打中了熊的鼻子，他抽泣着静静地躺了下来，两只爪子捂着鼻子。

露比垂下头，"对不起。"她嘟哝道，"可有时候你真的很讨厌。"

北极熊先生站起来，从门边拿了几根冻鱼条，转身朝阳台走去。

露比等了几分钟，等自己的怒气平息下来，然后跟着熊走了出去。

"总是这样，"她说，"我最后总是朝人扔东西，好像真的没救了。"

北极熊先生充满智慧地看了她一眼，深深地叹了口气，躺下来。露比挨着熊坐下，将身体和头靠在熊的一侧。她用手指轻轻地梳理他的毛，一遍又一遍，直到他们俩都慢慢地放松下来，闭上了眼睛。露比希望他们一整天都待在这儿，只有她和北极熊先生静静地待在阳台上。可是有太多事要做，利奥已经在他的婴儿护栏里哭闹了，想要得到她的关注。

亲爱的爸爸：

　　利奥和我有了一个朋友，是一头北极熊。我没有骗你哦，他的名字叫北极熊先生，大部分时间他都很好，尽管他又大又吵又让人心烦。最大的问题是他吃得很多，还很贵，我不想因为钱的事去烦妈妈，所以我正在考虑街头卖艺。你觉得怎样？给我指点一些演奏口琴的技巧我会很感激的。

　　反正离我的生日还有两天，我还没有什么计划。不过要是你想回来见见北极熊先生，那咱们可以开个派对。我想妈妈和利奥会很想见到你的。

爱你的露比

　　露比把信举向天空。她已经花了一个下午努力提高自己的琴技，北极熊先生则在跟利奥玩儿，或者也许是利奥在跟北极熊先生玩儿，她不太确定。不管怎样，露比觉得自己的演奏技巧已经大有提高，她很快就可以当众表演了，只需要找个时间和地点。也许明天就可以？

第9章
舞步和节奏

露比完全不知道第二天的妈妈会变得怎么样。这天早上，露比被开到最大音量的收音机吵醒了，妈妈正在用吸尘器打扫公寓里的每一寸空间。机器的热度加上所有这些活动让家里变成了烤箱。露比尽量把每扇窗户都开到最大，有时候她在想，是不是妈妈**特别忙**的日子比妈妈不想起床的日子还要糟。

"**你得把这头熊弄出我的房子。**"妈妈的喊声盖过了一切噪声，"**我从来没见过这么多白毛，好像住在动物园里。**"妈妈指着北极熊先生的鼻子和一长溜飘向吸尘管的白色波浪，北极熊先生向后退去，露出牙齿咆哮着。

"**他需要空间，**"妈妈喊道，"**我也需要。**"

露比嘭的一声按掉了吸尘器,她被吵得心烦意乱,她可不希望莫尔斯比太太再跑到楼上来抱怨噪声,还问更多难以回答的问题。

"也许咱们可以出去走走。"露比建议。经常让妈妈走出公寓似乎有助于她的情绪好转,今天看起来是个完美的机会。他们可以去公园,露比想看看北极熊先生的热气球还在不在那儿。她希望还在,她就能向妈妈证明自己没有瞎编了。

"我出不去,"妈妈说,"还有好多事没做呢。"她重新按下吸尘器按钮,"再说利奥看起来脸色不好,我想他哪儿都不该去,我在家看着他。"

妈妈说得对,利奥醒来时一直在流鼻涕,而且对早餐一点儿兴趣也没有。这会儿他还在睡觉,尽管噪声这么大。

露比尽可能快地穿好了衣服。要是妈妈不想出去散步,那么这就是她去街头卖艺的最好机会。不过,她得谨慎些,她不想引起妈妈的怀疑,也不想冒险被谁看见或者被谁报告给学校。

露比已经选好了要去的最佳地点,海客劳斯购物中心。那个地方她跟爸爸以前常去——主要是因为那里有一个很大的滑板商店——而且她觉得那里离家足够远,比较安全。那里总是人来人往,她记得以前在那儿看过街头表演。

她戴上黑色墨镜,把帽檐拉下来遮住脸。这样一来,就算碰巧遇到认识的人,她应该也不会被认出来。北极熊先生走过来看了看她的脸,然后走到桌子旁边,把妈妈扔在那里的墨镜小心翼翼地叼在了嘴里。

"**嘿,那个你不能拿**。"妈妈大声喊着,关掉了吸尘器,"回来!"可是北极熊先生已经出了门,开始沿着楼梯向下跑去。露比跟在后面哈哈大笑。跑到一楼时,他们气喘吁吁。露比从北极熊先生的嘴里拿下墨镜,小心地戴在了他的鼻子上。"太酷了!"她说。

海客劳斯购物中心太远,他们不能走着去,露比希望

北极熊先生能坐公交车。她其实用不着担心，熊朝司机咧嘴笑，小心不撞到其他乘客，然后在过道里停了下来。他静静地坐着望向窗外，看着这座城市飞驰而过。露比觉得很有趣……好像他经常坐公交车出门似的！

"你以前坐过，是不是？"到站下车时，露比问道。

北极熊先生举起爪子，好像在跟其他乘客说再见。有几个人也朝他们挥了挥手，露比鼓起两腮说道："你真是让我惊奇不已。"

当他们朝购物中心走去时，露比紧张地用手摸着衣袋里的口琴。她试着想象自己在街头表演的情景，这让她的肚子感到很不舒服——有点儿恶心，又有点儿七上八下的。她怀疑街头卖艺到底是不是个好主意。这时，她放慢了脚步，在一家滑板商店前停了下来。

橱窗里摆满了亮闪闪的新滑板，一台电视正在播放滑板手疯狂炫技的视频。她好想走进去，像以前跟爸爸那样，可是又来到这里却让她感到悲伤。

"爸爸说过，有一天他会送我一个当生日礼物。"露比说，"如果让我选，我喜欢那个。"她指着一个漆成亮蓝色的光滑板子说，"你觉得怎么样？"

北极熊先生正忙着看电视，露比能从他亮闪闪的眼睛

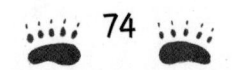

里看到电视反射的光彩。一个女孩用胳膊夹着大大的包裹走了出来，露比试图想象那是一种什么感觉——带着一块完全属于自己的崭新滑板走出来。这种事永远也不会发生在她身上，她得沿街卖艺一百年，才能攒够一块滑板的钱。

露比得停止做梦，记起来此地的目的。她需要钱来付给莫尔斯比太太，然后才能幻想攒钱做别的。

"来吧，"她对北极熊先生说，"咱们去完成任务吧。"

她找到了一处理想地点，从口袋里掏出口琴放到嘴上，深深地吸了一口气。吹开头几个音符时，她觉得嘴里又干又黏，这比她想象的难多了。不知怎的，站在购物中心外面，她的口琴听起来好像撞车的声音，人们从她旁边走过，却没人看她一眼。他们怎么敢无视她！露比感到自己的神经绷得越来越紧，她越是生气，就吹得越糟，实际上人们都在想方设法躲避她。

"别傻站在那儿，北极熊先生，

做点儿什么！"

她小声而急切地说道。

北极熊先生朝左看看，又朝右看看，他迅速摘掉露比头上的帽子，扔到了地上。露比吓了一跳，现在大家都能看到她的脸了！然后，北极熊先生抢走口琴，放在牙齿中间吹起来。他的演奏，如果能称之为演奏的话，比露比还糟糕。但

接着他**单脚跳来跳去，屁股扭啊扭**，还转着圈。露比往后退了几步，没过多会儿，就有一枚硬币扔进了帽子里，紧接着又来了一枚。很快，硬币从空中飞来，叮当作响，越堆越高。露比一点儿也不惊讶，这是她见过的最有趣的事，北极熊先生看起来十分享受。

很快，一小群人把他围在中间，开始跟他一起跳舞，露比也在跳。

每当北极熊先生停下来，他们就拍手高喊：

还想看！

还想看！

再来一次！

再来一次！

露比看了看帽子里的钱，如果北极熊先生继续这样跳下去，他们很快就能还清莫尔斯比太太的钱。可是现在人越聚越多，露比担心事情会变得难以把控。她可不想惹来任

何麻烦，她知道北极熊先生兴奋过头时会发生什么。

"今天够了，北极熊先生，"她坚决地说，"咱们得走了！"

"还想看，还想看！"

人群大声呼喊着。

"快来，"露比说着，试图将北极熊先生拉走，"咱们见好就收。"

露比的眼角一扫，好像看见一个警察正从街角走过来，直觉告诉她，警察应该不会对一头在街上卖艺的北极熊大加赞赏。她从北极熊先生那里抓过口琴，捡起帽子，冲出了人群。北极熊先生跟在她后面飞跑，很快他们就逃离了海客劳

斯，跑向了车站，刚好一辆公交驶过来。**"快！"**露比大喊着，跳上车撑住车门，北极熊先生跟着她挤了上来，车门嘶嘶地关上，他们跌进座位，大口喘着粗气。

"我们做到了，北极熊先生。"他们往帽子里看时，露比说。大部分都是零钱，不过肯定差不多够付给莫尔斯比太太了。露比笑了，这一切感觉就像一场冒险，出门做点儿不一样的事很有趣，偶尔放松休息一下真好。不过，现在露比准备回家了，她不喜欢离开妈妈太久。

她用手拨弄着硬币。

"干得好，北极熊先生。回去吃冻鱼条下午茶！"

第10章
游动和潜水

露比回到了她见过的最干净整洁的公寓，却没有看见妈妈和利奥的身影，她知道没什么好担心的，但还是有一种不安的感觉慢慢侵蚀着她。

利奥的婴儿车也不在，他们一定是出去了。

购物中心带来的兴奋感突然变得非常遥远，他们摘下墨镜，把钱倒进一个塑料袋里，藏到了床底下，然后朝公园的方向走去。

他们沿着街道往前走，北极熊先生一路嗅着地面，一直穿过公园，当经过热气球降落的地方时，他放慢了脚步，现在已经不见热气球的踪影。熊继续朝前走，直到他们看见了池塘。

"他们在那儿。"露比指着妈妈和利奥说,"你的鼻子还真管用。"

她站在远处望着他们,妈妈正蹲在利奥的婴儿车旁,看到他们一起出门,多么令人高兴,一切都显得很正常。

妈妈看见他们走过来,站了起来。

"我记得你说不出来来着。"露比说。

"我改变主意了,利奥一整天都像只小青蛙一样呱呱叫。"

露比朝婴儿车弯下腰。"哇哦……看看你的鼻子,"她说,"太可怕了。"

"你走了之后,他就一直这样抽鼻子。他一定是在长牙,可怜的小家伙。"妈妈说。

露比摸着利奥的小脸蛋儿,又热又红。北极熊先生盯着池塘。

"你应该进去游游泳,北极熊先生。"妈妈说,"可能会帮你除掉一些多余的毛。"

"然后带他回咱们一尘不染、闪闪发亮的公寓?"露比说,"我可不认为这是个好主意,看看这水的颜色!"

"可是他天生就是要游泳的。"妈妈说,"$Ursus\ maritimus$[①]。"她像念咒语一样一字一句念了出来。

[①] 北极熊的拉丁学名,意为"熊科熊属"。——译者注

"什么？"

"北极熊的拉丁语，"妈妈说，"你的书上这么说的，今天早上我给利奥念了这段。"

北极熊先生把一只爪子伸进水里，水面泛起了涟漪。他专注地盯着水面，突然**嘭**的一声，跳进了水里，然后叼着一条活蹦乱跳的大鱼出现了。

露比倒吸了口气："**不，北极熊先生！**你不能吃池塘里的鱼，放回去，放下，快放下。"

北极熊先生确实放下了……直接放到了他的肚子里。

"妈妈！太可怕了，快管管他！"

"我想这只是自然本性。"妈妈说。

"在这公园里可不行，要是有人看见怎么办？"露比看了看四周，可是一个人也没有。她看到北极熊先生翻过身露着肚皮，悠然自得地游走了。他在水里翻滚着、扑腾着、玩耍着，最后蹚着水走到了草地上，鼻子上还挂着一长串黏糊糊的水草。他看起来更像一头绿熊，而不是北极熊，污浊的灰水顺着他的毛淌下来，流进了他身下的水坑里。

北极熊先生耸起了肩膀。

"咱们快离开。"

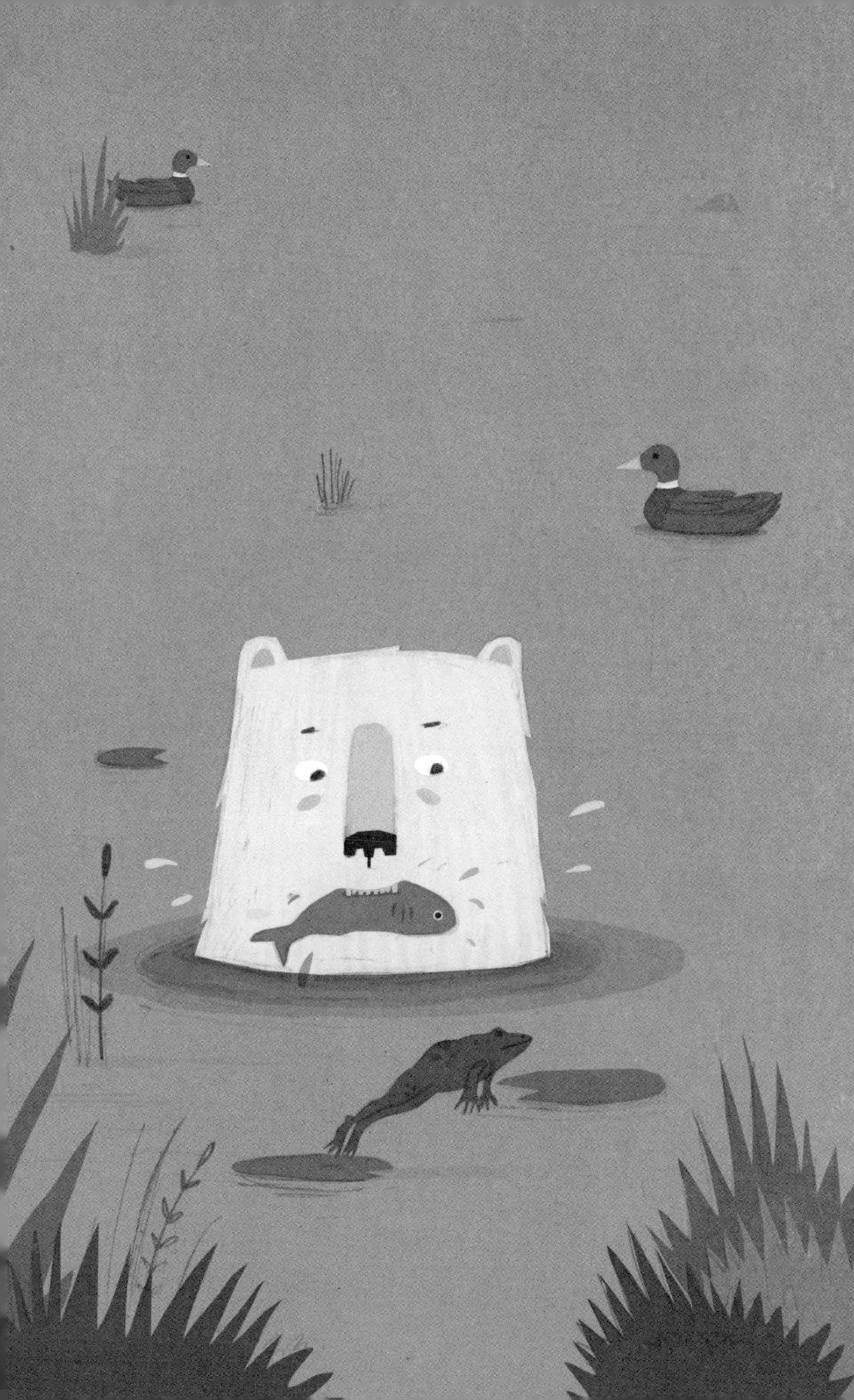

露比突然意识到了即将要发生什么，可是已经晚了。北极熊先生抖啊抖啊，直到他们三个身上全都溅满了池塘的污水。

"我的干净衣服！"妈妈在她的T恤上蹭了蹭手，利奥用小拳头揉着眼睛里的水，露比摘下帽子，使劲"嘘嘘"着把北极熊先生赶开了。

"没人告诉你你是个讨厌鬼吗？"露比愤怒地质问道，"我们尽力照顾你，可你却这样对我们！"她指了指自己。北极熊先生坐下来，头歪到一边，用一只大爪子指着自己。

"对，**就是你！**"露比说，"你这个又大又湿、满身池塘臭水的家伙，你应该叫'讨厌科熊属'。"露比使劲儿扣上帽子，"好啦，走吧，得去游乐场走走，直到咱们都变干，不能就这么带北极熊先生回家，他会把家里搞得一团糟。"

妈妈犹豫着："我不确定自己能不能去游乐场，那儿总是有很多人。"

露比常常想，妈妈不喜欢游乐场的真正理由是因为它挨着滑板公园，而滑板公园会让她想起爸爸。但有些事妈妈不能永远逃避。

"没事的，现在大多数人都去学校接孩子了，咱们不需要待很长时间——只要把身上弄干就好。"

露比哄着妈妈走向秋千，游乐场有些冷清，这很好，可是滑板公园里却满是大孩子。当呼吸到那种又兴奋又激情澎湃的气息时，露比感受到了熟悉的因嫉妒而产生的刺痛。轮子在水泥地上滑动——那是让她魂牵梦绕的声音。

她和妈妈一起把利奥放到秋千上，然后挥手让北极熊先生爬上旋转转盘。对于一头湿漉漉的北极熊来说，那可是最好的旋转干燥机。

北极熊先生充满怀疑地盯着转盘。

"别担心，很好玩儿，爬上去！"

北极熊先生小心翼翼地爬了上去，爪子紧紧抓住金属把手。露比开始推着转盘跑，过了一会儿才转起来，一头北极熊站在上面真的很沉。好在北极熊先生很快就明白了露比的这个主意，开始跟着她跑起来。

越来越快,越来越快,直到他们以令人炫目的速度转了起来,北极熊先生咧开嘴,觉得很有成就感。他一直抓得紧紧的,直到转盘渐渐变慢停下来,才滑到地上瘫成一堆,他试图站起来,可是腿却软绵绵的。当他终于可以站稳时,便摇摇晃晃地朝滑板公园的方向走去,然后把身体靠在墙上,两只前爪搭在墙头。露比爬到北极熊先生的背上,这样她就可以看到下面的滑板手们。

"太酷了,是不是?"露比在北极熊先生耳边小声说道。北极熊先生好像被催眠了,他的鼻子随着向前向后的滑板上下左右地动着。

在露比心里,她看见自己冲上了滑板斜坡,做着完美的跳越障碍和前轮悬空滑入滑道的动作,就像那些她正在观看的滑板手一样。"总有一天我会在那儿的。"她挠了挠北极熊先生的头顶说道,"等着瞧吧。"露比从北极熊先生的背上滑了下来。

说到做到,她知道自己会的,滑板是流淌在她血液里的东西。

第11章
快乐和悲伤

祝我生日快乐，
祝我生日快乐……

露比的声音渐渐弱下去。这曲调听起来太悲伤，她不得不停下来。大多数十一岁小孩是怎么过生日的？不会像这样吧。不会，大多数孩子都有生日贺卡、蛋糕和礼物。她环顾了一下房间，根本没有一点儿生日惊喜的迹象。

她叹了口气，从袋子里拿出最后一块奶油饼干，扑通一声挨着北极熊先生躺在了地板上。"我很想知道你的生日是什么时候。"她对熊说，"要是你愿意，可以分享我的生日——虽然可分的不多。"她掰了一半饼干递给北极熊先生，他非常不像北极熊似的一点一点地啃着。

她很高兴有北极熊先生在。昨天过得很好，她以为妈妈已经转危为安了，可是今天妈妈太累，下不了床，而且关于生日她一个字也没提。

更糟的是，利奥大半个晚上都在抽鼻子、咳嗽，因为牙疼而哭闹，露比几乎没有睡。这会儿，她想喂他吃早饭时，他却还没醒。

她往北极熊先生身旁挪了挪，感受着他柔软的毛和令人安心的平静呼吸。像这样的日子里，露比的世界似乎缩得非常小，她觉得自己和所有的问题一起被困在了这个公寓里。她好想逃出去，爬进北极熊先生的热气球篮子里，无忧无虑地高高飘浮在层层叠叠的屋顶上空。可是生活却并不能如此。

露比突然坐了起来，因为她听到利奥的小床里传来一阵可怕的声音，像是咳嗽也像是叫嚷。露比冲进房间，把手放在利奥的头上，额头滚烫。她立刻明白，这比牙疼严重得多，利奥病了。

北极熊先生探进头来，看了利奥一眼，然后溜进妈妈的房间，露比看到他用牙齿咬着妈妈T恤衫的下摆，把她拉到了利奥的小床边。

妈妈把利奥抱在怀里,摸摸他的头、他的腿、他的肚子。"哦,不,哦,不!"她一遍又一遍地低声呻吟着。妈妈开始在房间里跑来跑去,打开柜橱和抽屉又关上。"我确信在哪里放了药的,我买过的……哦,我不知道……买过好几次的!"可怜的利奥不受控制地又哭又咳嗽,妈妈好像根本不知道该怎么办才好。

利奥的眼睛看起来不太对劲儿,他变得越来越痛苦。突然,妈妈把利奥塞给露比,跑进了浴室,露比能清晰地听到妈妈呕吐的声音。露比感到绝望,她需要帮助,最快的帮助。北极熊先生在门口转着圈子、抓着房门。突然,露比明白了,她打开门,北极熊先生像一道闪电似的飞快地朝楼下跑去。

随后,露比听见了嘭嘭的敲门声,接着是莫尔斯比太太

的声音。

"好了,北极熊先生,我就来,就来,**冷静点儿**。"

莫尔斯比太太被北极熊先生推着飞快地上了楼,她环顾了一下四周,明白了目前的情况。

"没关系,露比,"她说,"别担心。"她从露比怀里接过利奥,对着他微笑:"你有点儿热,是不是啊小家伙?"莫尔斯比太太开始给利奥脱衣服,直到只剩下他的纸尿裤。她把两根手指放在利奥胸口,看着表。

"露比,你可以帮我拿块海绵,盛碗凉水吗?真是个好姑娘。北极熊先生,你最好别挡路。"

露比拿来了水和海绵,莫尔斯比太太开始用凉水轻拍利奥的身体。

"你妈妈在家吗?"她问。

露比朝浴室的门点了点头。

"来,"莫尔斯比太太把海绵递给露比,"你继续给利奥降温,我去看看她。可以吗?"

露比点了点头。

"她叫什么名字?"

"丽莎,"露比说,"不过大家

都叫她丽丝。"

露比用凉海绵擦拭利奥的额头，莫尔斯比太太敲了敲浴室门，然后走了进去。露比听到莫尔斯比太太在轻声跟妈妈说话。

"嗨，丽莎，我是约瑟芬·莫尔斯比，楼下的邻居，你感觉还好吗？"

露比听见妈妈嘟哝了几句，还在轻声抽泣。

"我知道，"莫尔斯比太太说，"小孩生病是很让人担心，不过我是一名退休护士，我工作时看过很多这样的孩子，利奥会好起来的。他被虫子咬了，不过他看起来是个坚强的小男子汉，我保证他很快就会好的。你干吗不花点儿时间整理一下自己？我去烧壶水，咱们喝杯热茶吧。"

露比闭上了眼睛，她喜欢莫尔斯比太太的声音，很高兴莫尔斯比太太来帮忙。当有人知道该做什么、有人来分担忧愁时，事情就变得容易多了。她望着坐在角落里的北极熊先生，要不是他，她永远都不会遇到莫尔斯比太太。也许有一头北极熊在这儿并不是那么糟糕。

"你知道你妈妈吃的药吗？"莫尔斯比太太从浴室里走出来问道。

露比点了点头，拿来一瓶药片，递给了莫尔斯比太太：

"我不知道她今天早上吃了没有,我还没来得及检查——因为利奥的事。"

莫尔斯比太太看了看药瓶:"别担心,等她感觉不太恶心时可以吃一片。不过咱们得来看看弟弟的情况。家里有什么药吗?"

露比摇了摇头:"我们刚刚翻过,什么也没找到。"

莫尔斯比太太要来纸和笔,潦草地写下了药的名字:"下面药房里的人认识你,是不是?"

露比点了点头。

"下去跑一趟,越快越好,把这个给他们。"她把写下的纸条和一些钱交给露比,露比犹豫了。"别想那么多,"莫尔斯比太太说,仿佛看透了她的心思,"带上北极熊先生,多给我们一点儿空间。"

露比很高兴能走出公寓,出来透透气。她和北极熊先生一路跑到药房,幸好北极熊先生在店门口闻了闻,觉得这不是自己喜欢的店,所以没进去,这让露比更轻松了一些。

随后他们又朝家里冲去,露比手里紧紧攥着药袋。跑到公寓大门口时,刚好邮递员来了。露比犹豫了一下,深吸了一口气,问道:"有22C的邮件吗?"也许,只是也许,爸爸记着她的生日,给她寄了贺卡。

邮递员紧张地盯着北极熊先生:"他怎么在这儿?他安全吗?"

"哦,是的,"露比说,"他很安全。"

邮递员皱着眉头,快速地翻了翻他的信件。

"没有,对不起,今天没有。"

这句话给了露比一记重击。**今天没有**。

北极熊先生朝信件探出鼻子,仿佛想亲自确认一番。

"**走开!**" 邮递员大喊。

北极熊先生抬起头,伸出一只爪子,想跟他握握手。

邮递员尖叫着,把信件全都扔到了地上,然后**狂奔而去**。

北极熊先生放下了爪子,看着露比。

"别担心,"露比说,"你什么也没做错,你只是想帮忙而已。"她挠了挠北极熊先生的耳后,"老实说,有些人不懂!"

他们回到家,发现妈妈和莫尔斯比太太正并肩坐着,一边喝茶,一边安安静静地聊天。她们看起来那么舒服,露比不想打断她们。把药递过去以后,她便和北极熊先生走到了他们的老地方——阳台。

"我希望妈妈喜欢莫尔斯比太太,"她说,"有个能聊天的朋友对她来说真是太好了。"

她望着天空,叹了口气。没有信,没有礼物。

祝我生日快乐,祝我生日快乐……

她轻轻地唱着。

北极熊先生用他凉凉的黑鼻尖碰了碰她的鼻子,那一刻,露比觉得全世界再也没有比这更好的礼物了。

亲爱的爸爸:

老实说,我真的过了一个很糟糕的生日。利奥病了,我们都不知道该怎么办。幸好我们的邻居莫尔斯比太太退休前是一位护士(我也是今天才知道），所以她过来帮了我们。利奥现在好多了——如果你想知道的话。

妈妈也不太好，不过莫尔斯比太太说也许妈妈需要更长的时间才能好起来。她说妈妈很幸运，有我这样的女儿照顾她；还有，当妈妈感觉不好时，并不是我的错。我喜欢莫尔斯比太太，虽然她很老了。她说她会很高兴过来帮我，可我不太确定，我不想给她带来任何麻烦。她说忙起来对她来说是件好事，因为当你老了就会感到有些孤单。她不想要回报，你觉得怎样？

有个好消息，就是我们差不多可以把欠她的冻鱼条钱都还上了。北极熊先生在购物中心卖艺时表现得很棒，你真应该看一看！莫尔斯比太太说我们不可以再去街头卖艺，因为可能会被逮捕，她可不想去警察局救我和北极熊先生。不过她觉得很有趣，她这么说的时候笑得很厉害。她还说，在公共场所跳舞对熊来说不是什么好事，可我告诉她，我没有逼迫北极熊先生做任何事，是他自己不愿意停下来的，所以她说也许那还不算太糟。

我去了你最喜欢的滑板店，你答应过我有一天会送块滑板给我当生日礼物，你还记得吗？今年我没有收到任何礼物（除了北极熊先生的北极熊之吻）。我只是说说而已。

我依然想念你，妈妈和利奥也想你。

爱你的露比

第12章
怀疑和信任

露比咬着指甲。**学校**。今天会有很多问题，反正在学校时她总是会出很多问题。出发时，她仔细摘掉校服上的北极熊长毛，团成一个小球放在了口袋里。不知道有什么可值得回学校的，今天还是星期五。不过她答应过莫尔斯比太太，要是莫尔斯比太太保证不把家里的事告诉任何人，露比就去上学。露比看了看手机上的时间，已经晚了。

"您确定您没问题？"她第十五次问莫尔斯比太太。

"你放心走吧。"莫尔斯比太太说，"我们没事的，我会照顾好一切。"

"您会照我告诉您的那样做吧。"

"听你的，露比，"莫尔斯比太太回答道，"我把每件事都写下来了,还有北极熊先生监督我。"

露比希望她能带着北极熊先生去学校,要是北极熊先生在那儿,她确信一切都会容易得多。

她一到学校,就被校长秘书叫到了接待室。

"可以在这儿等一会儿吗,露比?校长想见你。"

"可是我已经迟到了。"露比说。

秘书看了她一眼,露比只好叹口气坐下来。

露比很了解贝福德先生,因为她经常被叫到他的办公室来。贝福德先生不是那种只会训斥你的校长,他总是非常和蔼,想方设法让你说出你不想谈的事……比如关于家里、父母这些。她知道人们在背后对她议论纷纷,她调皮好斗啦,应该学学守规矩啦,不然会被学校开除啦。她不需要贝福德先生再跟她解释这些。也许凯丽的父母已经跟学校投诉她了。她拨弄着口袋里的北极熊毛球。

门开了，贝福德先生叫她进去。他微笑着说："你好，露比，对不起耽误你的时间了，不过我想咱们还是应该聊一聊。"

啊——哦， 开始了，露比想。

"你最近几天没来是因为身体不太好，是吗？"露比点了点头。

"你确定吗，露比？"

"是的！如果您不相信，可以给我妈妈打电话。"

"问题是，我已经打过了，"贝福德先生说，"可是她从不接电话，是吗？因为她总是忙着工作，或者照看你弟弟——或许你上次是这么跟我说的。"

露比耸了耸肩，自从她没去上学，就懒得给妈妈的手机充电了，这是保证贝福德先生无法跟妈妈说话的最好办法。

"你看，"贝福德先生左右转了转他的椅子，然后向前倚着桌子，"有人跟我报告说，在海客劳斯购物中心看见你跟一头……"贝福德先生眯着眼睛看了看他的笔记，"……跟一头北极熊在一起。"他说着咯咯笑起来，眉毛**扭来扭去**。

露比的心沉了下来，是谁看见她了？

"当然，这听起来有点儿牵强。"贝福德先生继续说

道,"另外,卢卡斯·波廷格说昨天他爸爸送信时,差点儿被一头北极熊袭击——就在你家附近。"贝福德先生扬起眉毛等待着。

"北极熊先生根本没有攻击卢卡斯的爸爸,卢卡斯在瞎说。"

"北极熊先生?北极熊先生是谁?"

这时,露比意识到自己说漏了嘴。"不是,"她说,"谁也不是。"

"你刚刚说北极熊先生根本没有攻击卢卡斯的爸爸,我希望你告诉我谁是北极熊先生。"校长的眉毛扬得更高了。在露比看来,贝福德先生的眉毛过于活跃了。

"他是一头北极熊。"露比叹了口气,"不久前他从公园跟着我回到了家里,现在他跟我们住在一起。我不得不全天照顾他,那就是我待在家里的原因。"

"那么你们在海客劳斯干吗?"

露比耸了耸肩。"让他活动活动,"她说,"北极熊不习惯被关在家里。"

"哦,我明白了!"贝福德先生拍了拍手,"很好,我给你的想象力打满分,我还从来没听过有人拿北极熊当逃学的借口。我猜你和卢卡斯一起虚构了这个小故事。不过,你知道吗,露比,有时候说出实话要容易得多。"

露比无法责怪贝福德先生不相信自己,可是她还能说什么呢?她从口袋里拿出那团北极熊毛球递给他,贝福德先生接过来,仔细看了看。

"一团毛并不能代表一头北极熊,露比。"

"我没有撒谎,贝福德先生。"露比说,"我不是故意逃学的。"

"好吧,我最后再试着给你妈妈打一次电话,我想跟她确认一下北极熊到底存在不存在。"

"哦,好吧,"露比说,"他现在就跟她在一起呢。"

贝福德先生摇了摇头,在手机上按了号码,电话铃响了一次、两次、三次。

"您好。"露比听见电话另一头传来了声音,很像莫尔斯比太太。

***

半个小时后,贝福德先生为莫尔斯比太太打开了办公室的门,当他看见那头北极熊时,立刻倒在地板上昏了过去。显然,跟北极熊打交道并不是教师训练的一部分。

莫尔斯比太太又用上了她的护理技术。她帮贝福德先生苏醒过来,等待他完全恢复。露比为他倒了一杯水,他说他想跟莫尔斯比太太还有北极熊先生单独待一会儿。**那正是露比最担心的事**,他会跟莫尔斯比太太谈什么?她会怎么说?

露比被打发回了班上,可是她根本没法集中注意力。她能听到大家在窃窃私语。

最后,她又被叫回了校长办公室。露比注意到校长的脸色仍然有些苍白。

"我得让莫尔斯比太太和北极熊先生回家了,出于健康和安全考虑。学校里是不允许出现北极熊的。"

"反正我说的是实话。"露比说。

贝福德先生直视着露比的眼睛:"莫尔斯比太太解释说,你目前有很多责任,照顾一头北极熊是相当吃力的,学校应该给你提供一些帮助,所以我想我们要讨论一下能帮你做些什么。学校里有别的学生也跟你情况差不多。"

露比笑了:"您不是要告诉我,还有别的孩子也在努力照顾北极熊?我是说,到底有多少北极熊搬到这儿来了?"

"哦不,我不认为还有别人在照顾一头熊。不过,倒是有一些孩子在帮忙照顾家里——照顾家庭成员什么的——跟这种情况比较类似。"

"也许是吧。"露比耸了耸肩,她仍然对这场谈话感到不舒服。

"你认识切里顿先生班上的马雷克·赛库拉吗?"露比摇了摇头,她也许见过,但她不认识。"嗯,他帮忙照顾他的爸爸，还有一两个学生也是如此。要是我们知道这些，事情会变得更容易，因为那样我们就能通知你们的老师，确保你们的学习不至于落下太多，而且还有各种不同的组织能够提供帮助。"

贝福德先生从抽屉里拿出一张传单，递给了露比。露比瞥了一眼传单的正面，上面写着一些关于年轻看护者的内容，她用手指摸了摸，然后递了回去。"他们大概不能帮忙照看北极熊。"她说。

"也许不能。"贝福德先生说，"但不管怎样你留着吧。"

露比把传单揣进了口袋里。

"我有个想法,你从丹尼斯小姐班上转出来,到切里顿先生班上重新开始,不知道算不算个好主意。他过去常常帮助马雷克,而且也有机会让你和马雷克互相认识、了解一下。"

露比想了一会儿,她并不想了解马雷克,不过要是能逃离卢卡斯和凯丽,她什么都愿意。

"谢谢您,贝福德先生。"她说,"那样很好。"

贝福德先生在电脑上做了记录。

"从现在开始,我能相信你告诉我的都是真话吗?"他补充道。

"我说的都是真话。"露比说着,在背后交叉起手指[①],"可是我希望您没有跟很多人提到那头北极熊。他已经习惯由我来照顾了,要是有人把他带走,他可不会喜欢的。"

贝福德先生点了点头,又打下一条记录。

露比确信,讨论北极熊比讨论父母的事容易多了。

[①] 常在说谎时做这个动作,祈求不会因此受到惩罚。——编者注

第13章
闪光和惊喜

露比一路飞快地走回家。她想对莫尔斯比太太说上一百句谢谢,因为她没有泄露妈妈的事。她还想感谢北极熊先生,感谢他是一头活生生的真北极熊——尽管他把贝福德先生吓晕了。

露比悄悄走进公寓,家里安静极了,她想知道家里是否有人。她关上门,转过身,然后不得不紧紧闭上眼睛又睁开,为了确保自己不是在做梦。

系在椅背上的是一只写着数字"11"的气球,桌子上摆着插上蜡烛的蛋糕,还有两个很大的鼓鼓囊囊的礼物。露比把书包放到地板上。

有惊喜!

妈妈大喊着从一把椅子后面跳出来,莫尔斯比太太从露比的卧室里走出来,她把利奥舒舒服服地背在背上。北极熊先生从阳台跳出来,毛茸茸的脸上咧开了大大的笑容。

"生日快乐!"妈妈说,"我知道我们晚了一天,但希望你不要介意。"

露比不介意——一点儿也不介意。她太高兴了,高兴得都快哭了。

"对不起,"妈妈说,"你知道我从不会故意忘记你的生日,只有这次,我今天跟莫尔斯比太太聊天时才……不管怎样,希望你喜欢你的礼物。"

露比兴奋得几乎全身发抖:"我可以打开看看吗?"

她先打开了卡片,她总是被教导这样才有礼貌。

> 给露比
>
> 生日快乐
>
> 爱你的妈妈、利奥和北极熊先生

露比微笑着看了看他们三个,然后开始拆礼物。她先解开丝带,当她撕开包装纸时,她的心开始扑通扑通地跳起来。她知道那是什么,她能感觉到它的形状、它的重量。

包装纸掉到了地上,留在露比手里的,是她收到过的最好的礼物:

亮闪闪的、蓝色的……

不太新的……

好得嗷嗷叫的……

滑板!

属于她自己的滑板。

"我帮你把它修好了。"妈妈说,"这是你爸爸参加比赛用的一块旧滑板,我想他会很愿意送给你的,毕竟他答应过你。"

露比已经很久没听到妈妈提起过爸爸了。

"你是怎么知道的?"露比问,"我从来没告诉过你。"

"爸爸跟我谈起过,你知道,很久以前。"

露比仔仔细细地看了滑板的每一处:"你真是个天才啊,妈妈,谢谢你。"

妈妈望着露比微笑着。"不,要说谢谢的人是我,"她说,"为了你每天所做的一切。"

露比不得不望了天花板好一会儿,眼睛才能看清东西。她大声地**抽着鼻子**,北极熊先生也跟着**抽起鼻子来**。她用手背擦了擦眼睛,妈妈和莫尔斯比太太也是。然后,莫尔斯比太太递给她一个稍小一点儿的礼物。露比撕开,里面是护膝、护肘和头盔。"不是全新的,"莫尔斯比太太说,"可是仍然管用,而且你需要穿上这些……记住我的话。"

露比简直不知道说什么好了,她拥抱了妈妈、利奥和莫尔斯比太太,然后转过身跟北极熊先生击了一下掌。

妈妈点燃了蜡烛,蜡烛嗞嗞地响着,闪闪烁烁,宛如露比的内心在嗞嗞唱着、闪闪烁烁。

也许愿望的确能够成真,尽管晚了一点!

第14章
摔倒和碰撞

露比决定天一亮就叫醒北极熊先生跟她一起去公园。她可不想当众出丑,所以要趁没人的时候去试试她的新滑板。早上这个时间她不敢独自出门,不过有一头北极熊在旁边,她感到非常安全——他会照顾她的。

露比总想象自己是一位一流的滑板手,可是现在她突然意识到,有滑板是一回事,学滑滑板又是另一回事——这会儿她比任

何时候都更希望爸爸在这儿教她。不过,她已经读过很多杂志,所以应该没有问题。没有那么难,是吧?

她只好从平地开始练习。这一步至少她已经弄懂了。她穿好护具,戴上头盔,把滑板放在路上。北极熊先生饶有兴趣地看着她。她努力回想爸爸做过的动作,可是现在滑板就在眼前,却一点也不像她期待的那么顺利。

她踩上一只脚,前前后后滑动了几下,想找找感觉。这可没有看上去那么简单,她滑出去,努力保持平衡,可是只坚持了两米就开始摇晃,最后她失去平衡,跳了下来。

北极熊先生皱着鼻子——看上去不太满意。露比瞪了他一眼,然后开始第二次尝试,她完全掉了下来,重重地摔在了柏油路上。她滚到草坪上,仰面朝天,抱着腿,痛苦地皱着脸。**"哦,哦,哦!"** 她咬着牙呻吟起来。

北极熊先生用爪子捂住眼睛,坐到她旁边。

"我很好,"她生气地说,"没什么大不了的。"

她又试了第三次、第四次、第五次、第六次,还有第七次、第八次、第九次和第十次!然后,她一脚踢开滑板,一屁股坐在了草地上。她知道会很难,但没有想到会这么难。

北极熊先生用鼻子推了推露比，想让她站起来。她没有理他，他又试了一次，把一只毛茸茸的爪子放在滑板上稳住它。露比站了上去。

"我不需要你帮我。"露比说着，抓住他的一撮毛保持平衡，他在她旁边小跑起来，"我自己能做到，你知道的。"

北极熊先生伸着鼻子，一路小跑。

露比感到凉风拂面，听到了轮子在路上滚动的声音。渐渐地，脚下的滑板让她有了感觉，她松开了北极熊先生的毛。就是这种感觉！当轮子从地上飞驰而过，她笑起来，可很快又失去了控制，朝滑板公园冲去，北极熊先生狂奔着一路追来，

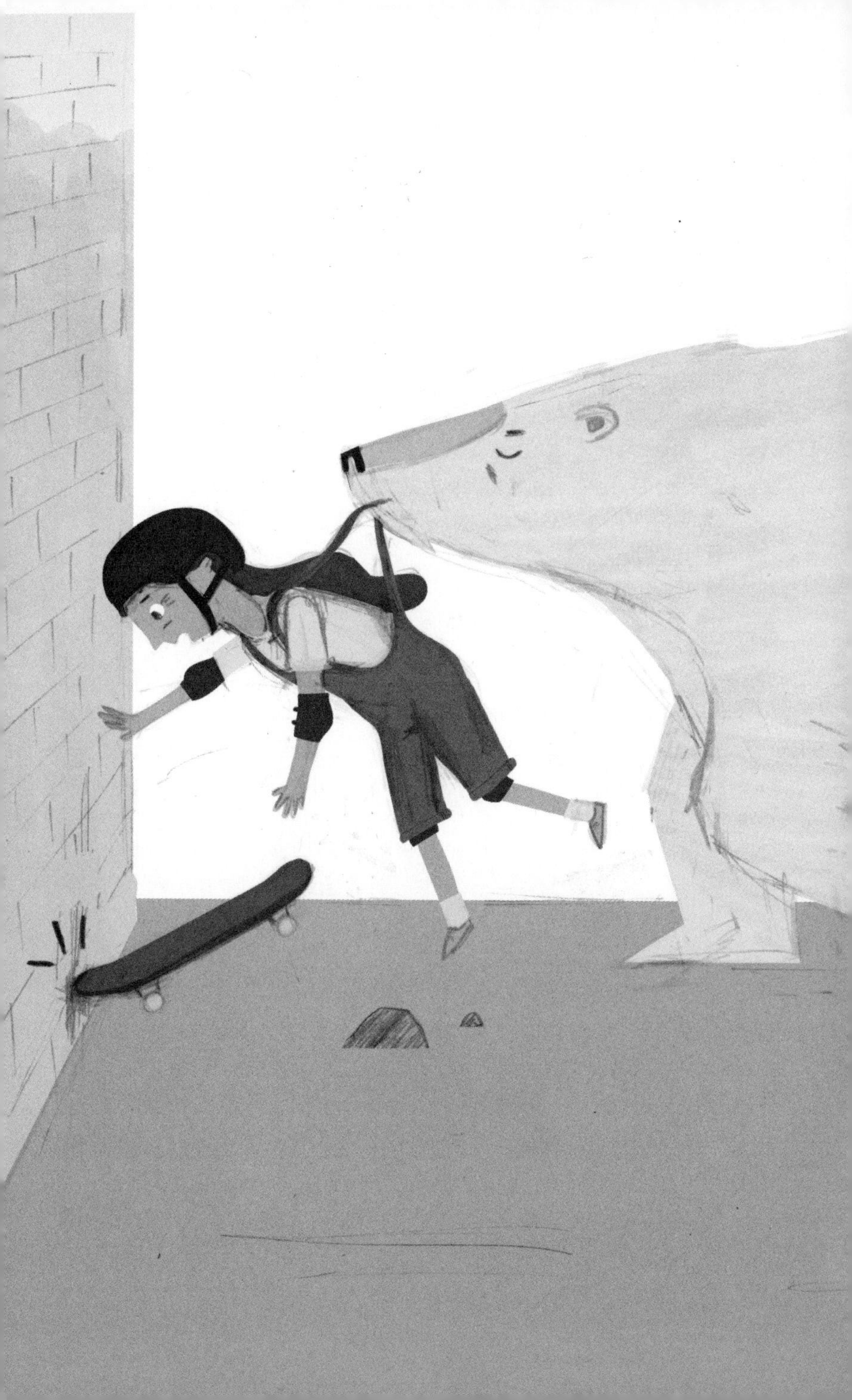

突然……

啊啊啊啊啊啊！

北极熊先生用嘴咬住了露比的背带裤，把她从滑板上提了起来，就在这时，滑板径直撞到了滑板公园的围墙上，翻转着弹到空中，又掉到了地上。露比被吊在北极熊先生的牙齿上。

"**你在干吗？**"露比尖叫道，"我能刹住的，我知道自己在干什么！"

正在这时，墙后传来笑声，随后，一个正在咧嘴大笑的脑袋冒了出来："这是我见过的最酷的滑板技巧，你管那叫什么？北极熊自由翻？"

露比的脸红得好像番茄，恨不得北极熊先生立刻把她放下来。男孩从大门走出来，捡起露比的滑板，递给了她。

"这熊真不错！"他说，"是你的吗？"

"不是。"露比说着，瞪了北极熊先生一眼。

北极熊先生张开嘴,露比**扑通**一声掉到了地上。露比站起来,拍打了一下衣服,眯起眼睛盯着北极熊。

"对了,我叫康纳。"男孩说。

"露比。"露比说,仍然满脸通红。

"这是……?"康纳朝熊点了点头。

"**这个啊,**"露比双手按在屁股上,"**这是**北极熊先生。"等会儿再跟北极熊算账。

康纳举起手,跟北极熊先生击了一下掌。"好聪明的熊。"他说,"他也是个滑板手吗?"

露比笑了:"这头熊?当然不是。"

康纳将露比的滑板翻过来仔细查看了一下:"这块滑板很棒。"他把滑板放在地上,用脚尖踩了一下又收回手里,"你从哪儿弄的?"

"是我爸爸的滑板,妈妈帮我修好了。"

"真了不起。嗯……我想你起个大早绝不是为了聊天的。**咱们何不去呼吸点新鲜空气?**"

露比真希望能找个地方藏起来,她拖拖拉拉地走近北极熊先生,一边努力想找个好借口,解释为什么不能一起去呼吸新鲜空气——至少,近期不能。

"有什么问题吗?"康纳问。

"是的，只是我还不会任何技巧，实际上我根本不会滑滑板！"

好了，她说出来了。她等着康纳离开。知道自己不是个滑板手，当然就没有理由在此逗留了。

"太荒唐了！"康纳说，"有这么好的滑板！好吧，咱们得找个地方开始，我来帮你怎样？要是你愿意的话。"

"不——没关系。"露比总是怀疑对她太好的人，她当然不敢期望整个滑板公园最酷的滑板手会来帮助一个新手。

北极熊先生把爪子放在她的背上，往前推了她一把。她瞪了他一眼。

"来吧，"康纳说，"至少，我可以教你怎么停下来……我保证不会用上我的牙！"

这回轮到露比大笑了。

他给露比看怎样在滑板上平衡重心。"毅力、决心、勇气和朋友……是成为滑板手所需要的全部条件。"他说，"永远记住这个，因为在这条路上你总会跌几次跟头。现在集中注意力，你就可以赶在一大堆人来之前学到一些基本要领。"

一大堆人？可是没有时间担心会有别人了，她忙着模仿康纳示范的每个动作。接下来的一个小时，康纳尽最大努力教露比滑起来。北极熊先生认真地看着，脑袋从这边转到那边，眨着眼睛，好像已经领会了所有。

露比简直不敢相信自己这么没用，她太想给康纳留下好印象了，可是偏偏事与愿违。

她再一次起滑，接着——

咕咚！

她试着踩住滑板尾端让自己停下来，接着——

咕咚！

她想让滑板转个小弯，接着——

咕咚！

她摘下头盔，用手背擦着额头上的汗。

"我永远都不可能滑好。"她哀叹道。

"你太急于求成了。"康纳微笑着说,"像所有的新事物一样——需要时间来适应。"

时间正是露比没有的东西,她看了看手表,用手捂住了嘴。因为过于专注,她竟然忘了回家。妈妈可能需要她,利奥也许想吃早饭了。

她朝康纳转过身。"我得走了。"她说。

"你在跟我开玩笑吧,别人就快要来了,今天是周末——乐趣才刚刚开始啊。"

是你的乐趣,不是我的,露比想。

康纳前后滑动,展示了几个动作。"你不该这么快就放弃。"他说。

"我**没有**放弃。"露比生气地说。

"那你证明啊。"他露出一个充满挑战的微笑。

露比的肩膀垂了下来。要是康纳知道就好了——她愿意付出一切代价,只要能跟滑板手们在公园里玩上一天。可是她不能,她有其他事要优先处理,她有责任在身。她得找别的时间来练习。

"对不起,"她说,她感到心里的愤怒正在沸腾,但她忍住了,"我可以明天再来试。"

　　康纳赞许地说道:"好啊,我还会在这儿。"然后他看了看北极熊先生:

"给你自己弄块板子,伙计,那样你也能一起玩儿。"

第15章
懦夫和幸存者

露比抓着北极熊先生的毛,从小路一直滑到了大路。"你真是知道怎样让一个孩子看起来很酷,"露比挖苦道,"你有没有想过,被你吊在嘴上,我有多尴尬。"

北极熊先生咧开嘴,跑得更快了一些。

"要不是因为你,我也许会交到一个朋友。"她揪了一下北极熊先生的毛,北极熊先生紧急刹车,露比差点从滑板前端跌下来。

"好吧,好吧,也许你也帮了一点儿忙。可问题是,北极熊先生,有些人比如康纳,他会把我当成一个容易放弃的人。有时候我真的很想放弃那些艰难的事,比如照顾妈妈和利奥,还有在学校度过煎熬的一天。可是我没有。而当我在做我真正想做的事情时，就像今天早上，乐趣才刚刚开始，我却不得不离开，这不公平。"

他们继续朝前走。

毅力、决心、勇气和朋友。

对康纳来说，这些只是成为滑板手的条件，而对露比来说，却是她生存的必要条件。

* * *

"你去哪儿了，露比？"妈妈抱着利奥站在门口，"你出去了好几个小时，我担心死了。"

"我只是去了公园，想试试我的滑板。"

妈妈很生气："我不想让你一个人这么早去公园，你不知道在那附近会遇到什么人，什么事都可能发生，我应该陪

你去的。"

"可是你在睡觉。"露比回答道,"而且我不是一个人——有北极熊先生一起。"

妈妈看起来很受伤,"北极熊先生这个,北极熊先生那个。"她嘟囔着,瘫进扶手椅里,打开电视,调大音量,眼睛盯着屏幕,仿佛这是她看过的最有趣的节目——其实并不是。

露比很困惑,妈妈从来没有因为她去公园抱怨过,而且这些天妈妈和北极熊先生似乎相处得也很好。

北极熊先生把头放在妈妈的椅子扶手上,电视屏幕立刻变成了一片空白。

"谁干的?"妈妈环顾四周,然后盯着北极熊,"把头挪开,北极熊先生,你压到遥控器了。"

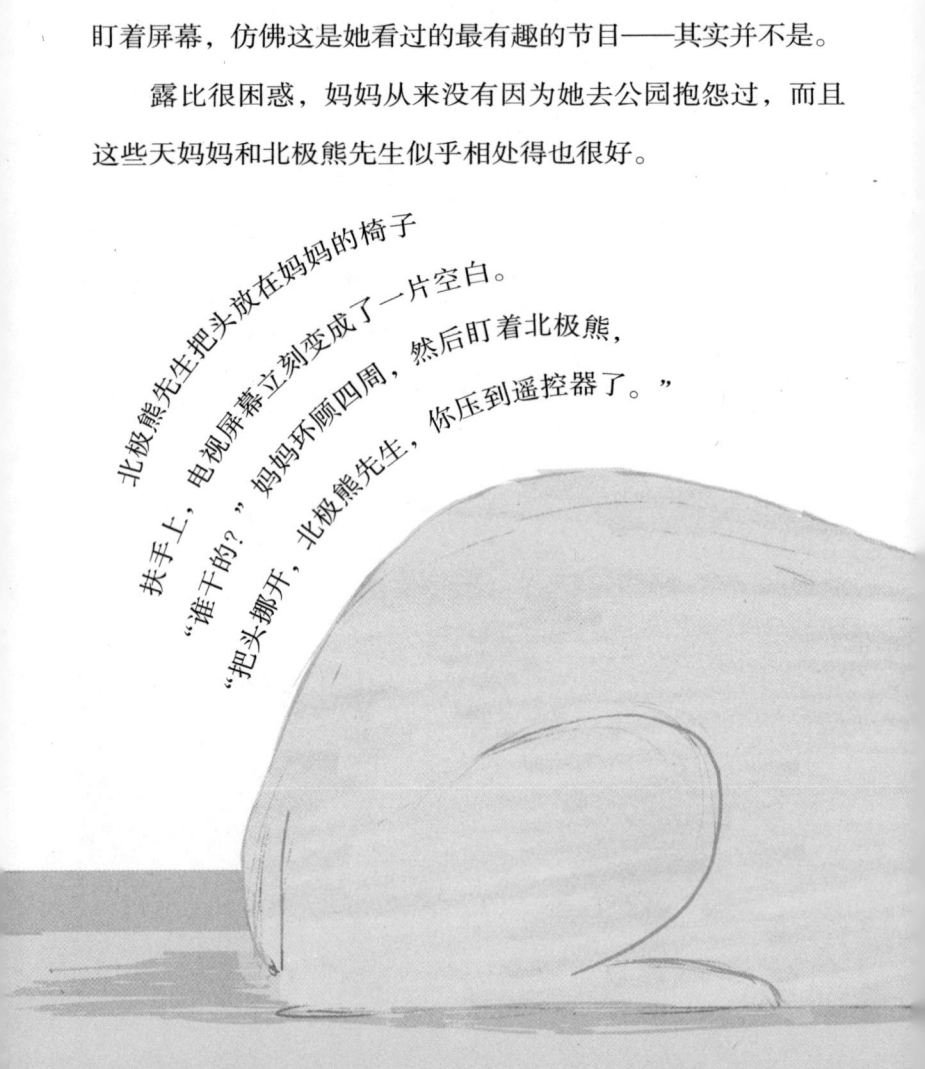

北极熊先生紧紧地闭着眼睛，当妈妈想用力把遥控器从他的下巴底下抽出来时，他的头却一动不动。看起来他并不想配合，最后妈妈放弃了。

房间里的沉默在蔓延。妈妈似乎不愿意与露比对视，露比很想知道到底发生了什么。

"我发现了你的信，"最后，妈妈说道，"你写给爸爸的信。"

露比干张着嘴，闭上了眼睛。难怪妈妈会难过，那些信

不该被人看到的——甚至连爸爸也不能。

"那些信没有任何意义，"露比说，"我从来没有寄出去过。"

"当然有意义。"妈妈说，"可是你可以跟我谈啊，你知道，要是你想跟爸爸联系，你应该问我的。"

露比不知道说什么，她总是尽量避免提到爸爸，因为她害怕让妈妈变得更悲伤。

"你知道他在哪儿吗？"露比问，"我是说，爸爸。"在妈妈面前说出这个词感觉怪怪的。

妈妈耸了耸肩："最后一次听说的时候他在美国，可谁知道他现在还在不在那儿。"

露比想了一会儿："要是爸爸回来，你会好起来吗？"

妈妈笑了："我也想他，露比，就像你一样。可是爸爸从来不是一个能被束缚的人。"她耸了耸肩，"所以就这样了。"

"那么你的意思是，"露比说，"当我们两个出生，爸爸就离开了。"

"不——不！爸爸非常爱你们，露比。可是，跟我一起生活并不容易，特别是当我病了以后。"

"所以你病了，他走了，很不公平是不是？对你不公平，对我们每个人都不公平。"

妈妈想了一会儿，然后说道："我认为没那么简单。他确实想帮忙，可是……哦，太复杂了。滑板是他的生命……他好像无法两者兼顾。他不是那种人。"妈妈吹开落在脸上的一缕头发，"有时候我想，让他走，会更容易一些。"

露比将双臂抱在胸前，试着去理解妈妈说的话。她总以为自己像爸爸，可是现在她意识到，自己根本不像他。她永远也不会抛弃妈妈和利奥。**问题不是受不受束缚，而是能不能勇往直前**。她要证明自己可以照顾好妈妈，同时也能成为一名优秀的滑板手，没准儿还能帮妈妈好起来。露比突然感到自己变强壮了，她给了妈妈一个拥抱。

"我为你找了个活儿，"露比说，"你不可以拒绝。"

妈妈看着她。

"北极熊先生需要一块滑板。"

妈妈紧闭起嘴唇，两颊露出酒窝，然后她开始大笑，随后露比和利奥也跟着笑起来，只有可怜的北极熊先生好像完全搞不清楚发生了什么。

"你在开玩笑,是吧?"当妈妈终于可以说出话来时,她说道,"北极熊先生?滑板?"

"也许能行,"露比说,"至少咱们得试一试。"

"为什么不试试?"妈妈说,"为什么不试试!我会考虑的,这可不容易。"

露比悄悄地露出微笑。**生活中没有什么事是容易的,可那并不能阻止她。**

第16章
铁锈和灰尘

妈妈转动钥匙打开工作间的挂锁,推开门时,铰链发出吱吱嘎嘎的响声。她啪嗒一声打开灯的开关,黑暗的房间突然迸发出生机。露比闻着熟悉的机油味儿和油漆味儿,她过去很喜欢来这里看妈妈工作。那些开到工作间来的汽车看起来就像一堆废铁,离开时就变得像新的一样。

"我忘了告诉你,"露比说,"杰伊先生问你能不能帮他修修车。他等红灯时遇到了交通事故。"露比交叉双臂,犀利地看了北极熊先生一眼,可这会儿他正忙着东闻西嗅,根本没注意到。

妈妈把头发捋到脑后,梳成一根马尾辫,然后手指在布满灰尘的工作台上滑动。"我想是时候让这个地方运转起来了，"她说，"也许我应该考虑回来工作了。"

露比以前听妈妈说过这些话。妈妈不需要考虑回来工作，她需要*真的*回来工作。把她带到工作间就像迈出了第一步。

妈妈撬开一个生锈的油漆桶，探进去闻了闻，然后全倒进了垃圾桶。她蹲下身，开始从一条长椅下往外拖东西。"我把一堆旧滑板放在某个地方了，"她说，"我肯定没扔掉。"她拉出一块没有轮子的滑板，又拖出一块看起来还不赖的板子。

"我们需要分散他的重量，"她说，"一块滑板放一只爪子。"她找到了六块滑板，从中挑了最好的四块，"板子的大小和配置都得差不多。"

露比喜爱妈妈投入工作时脸上呈现的活力。她看着妈妈

测量、钻孔、修理。

利奥高兴地坐在他的婴儿车里,对周围的景象和声音感到非常兴奋。

北极熊先生在后面四处嗅着,仔细地检查每个角落。

"你在找蜘蛛吗?"妈妈说着,瞥了北极熊先生一眼,"这儿可是有很多。"

北极熊先生突然转过身,朝工作室的门口冲去,一边用前爪拍打自己的鼻子。

"我想他刚发现了一只。"露比说着咯咯笑起来,她跟着来到外面,帮他擦掉鼻子上的蜘蛛网,"像你这样一头敢乘坐热气球的勇敢的熊,不会害怕蜘蛛吧,北极熊先生?"

露比仰望天空,一架飞机正高高地翱翔在蓝天,身后留下一道白线。露比很想知道它要飞往哪里。

"能飞真的太棒了,"她说,"哪怕只是坐在飞机里。"

北极熊先生抬起头,凝视着那架飞机,直至它完全消失了踪影。

"也许咱们可以一起乘着滑板飞。"露比咯咯笑起来,"想象一下那该多有趣!"

妈妈叮叮当当忙活了一会儿,然后放下工具,把北极熊先生叫回了工作间。"好了,"她说,"来试试吧。"一只接一只,妈妈帮北极熊先生把每只爪子都绑在了滑板上。北极熊先生前后滑动一条腿,然后是另一条腿。露比轻轻地推着他走向门口。北极熊先生滑过地面,眼睛瞪得越来越大,四条腿也分得越来越开。他疯狂地抓挠着想保持平衡,可是已经太晚了……

啪嗒!

北极熊先生肚皮着地摔到了地上,四脚分开,仿佛一颗毛茸茸的星星落到了地球上。

"嗯,"露比极力忍住不笑,"也许需要多练习练习。"

"我认为这头熊短时间内是飞不起来的,"妈妈说,"照

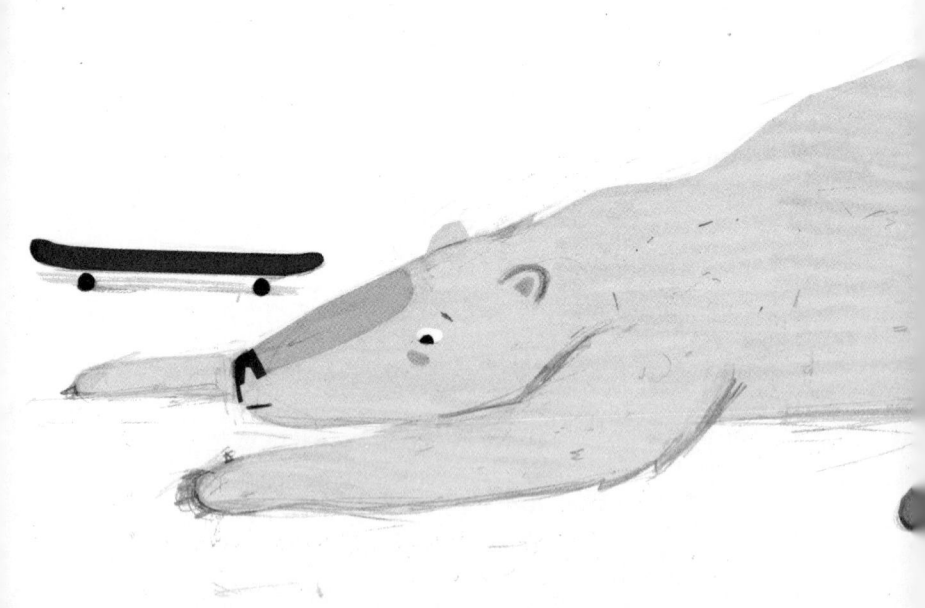

这样下去,咱们把他从地上弄起来都得大费周折。"

最后,他们不得不把四块滑板都取下来,让可怜的北极熊先生好从地上爬起来。他厌恶地将滑板踢到一边,朝外面走去。

"**毅力,**"露比小声说道,她拾起一块滑板,在北极熊先生眼前晃了晃,"**勇气和决心。**"

北极熊先生噘起嘴,咆哮了一声。

"你会掌握窍门的。"

北极熊先生扬起鼻子,沿着街道摇摇晃晃地走了。

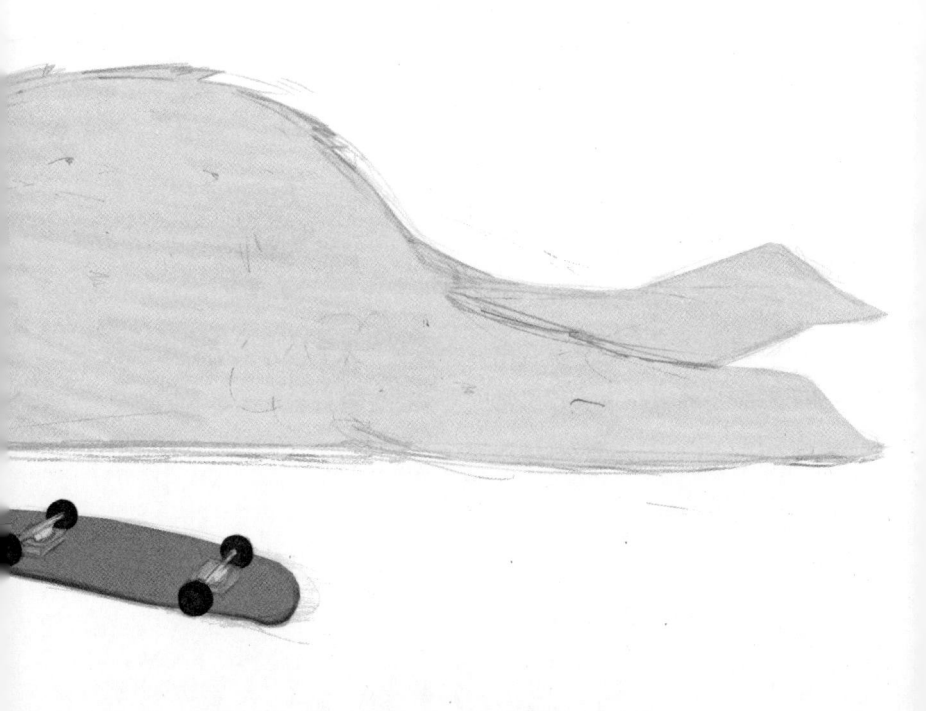

亲爱的爸爸：

　　我度过了一个最好的周末。现在我有了自己的滑板，是妈妈给我的生日礼物。她把你的一块旧滑板修好了，非常棒。昨天我在滑板公园遇到了一个叫康纳的男孩，他教了我一些技巧，他已经会180度外跳转①了，而且他不比我大多少。

　　妈妈还搞定了北极熊先生，今天早上他也带着他的新滑板跟我一起来了。要是你认为学滑一块滑板已经够难了，那你该想想学滑四块大滑板会怎样！可怜的北极熊先生！

　　露比咬着铅笔头，当她想到北极熊先生在公园里摇摇晃晃，先抬起一条腿再抬起另一条腿拼命保持平衡的样子时，她咯咯地笑起来。和北极熊先生在一起，她多了很多快乐，她简直数不清他到底跌了多少个惊天动地的大跟头了，不过每次他都爬起来，摇摇晃晃地重新开始。他滑得太差劲了，以至于显得露比十分专业。

　　今天早上我在斜坡那儿认识了几个人，其中一个是我新班级里的同学，他叫戴尔，人还不错。我跟你说过我转班的事了吗？这周一转过去的。

---

① 指双脚带板起跳之后，在人与板上升过程中，带板向身体背侧转体180度后再落地。——编者注

爱你的露比

附：我摔了很多瘀伤。

又附：全身肌肉酸痛。

再附：北极熊先生痛得更厉害。

露比把信放进信封，不过她不再费心去藏了，她也不介意妈妈会看到这些信了。

第17章
进展和发现

整整一周的学校生活——最最快乐的一周。

她的新班级**相当**不错,她从走进去的那一刻起,就觉得好像是一个全新的开始。她坐在戴尔旁边,他告诉别人她很好。实际上,她真的很好,一次也没有生气——这意味着不用再去走廊的桌子那儿,也不用再去见贝福德先生。

当然,她还没有傻到以为一切都会永远这样好下去,不过事情确实有了很大改善,莫尔斯比太太常在家里进进出出,照看各种事情,也和妈妈成了好朋友。来到切里顿先生的班级也真的很有帮助,他每天早上都询问她和马雷克的情况。马雷克总是回答同样的话:"您知道的——时好时坏。"事情就是这样,露比相当了解。不知为何,这倒让他们俩的问题变得容易了很多。

放学后,她设法跟戴尔出去练了几次滑板。北极熊先生却选择待在家里,不过戴尔说,很可能他太累了,没法跟他们一起练习。

"你是怎么知道北极熊先生心里怎么想的?"露比问道,突然感到一阵嫉妒带来的刺痛。

"康纳说,咱们去上学时,北极熊先生在公园里练习了一整天。"戴尔说,"显然,他是一头**非常有决心**的熊。"

露比忍不住笑了。北极熊先生的决心她早就领教过了,虽然有时她怀疑那只是单纯的**固执**。

"康纳是怎么知道的?他不是也要上学吗?"

"他奶奶告诉他的。"戴尔说,"据康纳说,他奶奶会花很多时间陪北极熊先生到处转。"

露比惊讶得张大了嘴巴。当然,**当然!** 她先前怎么没有意识到?莫尔斯比太太肯定是康纳的奶奶,她想起了那张在莫尔斯比太太家看过的照片,照片上有一个滑板男孩,想到这儿,露比大声笑了出来。

"什么那么有趣?"戴尔问。

"哦,没什么。"露比说,"你认识康纳的奶奶?"

"总是听他谈起,但是从来没见过。"戴尔说,"要是她对你的北极熊那么好的话，我想你肯定认识她。"

"是的，我认识她，"露比说，"她是我们的邻居，可是我刚刚才意识到她是康纳的奶奶！"

戴尔和露比一边笑一边继续往前走。"跟一头北极熊生活在一起会不会感觉很奇怪？"当他们走到杰伊先生的商店时，戴尔问道。

露比耸了耸肩："一开始很不容易，可是过一段时间就适应了。他确实让我的生活有了很大改变。我是说，当一头北极熊跟你生活在一个房间里，你是无法忽略他的。"

"我好希望自己也有一头北极熊！"戴尔咧开了嘴，"他立马就能解决我姐姐的问题。可以借给我用用吗？"

"也许……有一天可以。我打算先派他去看看卢卡斯和凯丽，他们肯定能跟着北极熊先生学一些关于友善的东西。"

戴尔朝她竖起大拇指："好吧，卢卡斯、凯丽，然后是我，成交。明天见。"

戴尔挥了挥手，朝自己家的方向走去。

露比目送他离开，心里想着北极熊先生。自从他来了以后，真的改变了很多事情，变得越来越好。

* * *

那天晚上，露比并不觉得累。她很兴奋，因为要过周末了。明天要练习滑坡道，而且还有一场滑板比赛，她想和妈妈、利奥一起去看。

可是，空气中有什么东西让她感到焦虑不安，她却无法触摸到那是什么。不只是兴奋，还混合着一种担心，露比不喜欢这种感觉。北极熊先生看起来也很焦虑，说实在的，她不能责怪他——这种闷热又黏湿的夜晚对北极熊来说是最糟糕的。

她看了看手表，杰伊商店十点关门，现在才九点，最好去买些好吃的回来款待一下自己和北极熊先生。过了这么好的一周，露比认为他们值得。

"我跟妈妈说了您的车的事。"露比把一大桶巧克力冰激凌递给杰伊先生时说。

"我知道。"杰伊先生说，"我昨天已经把车送到她的工作间了。她告诉我下周开始修。"

露比微笑起来。对她来说，这绝对是个好消息。她付了冰激凌的钱，然后尽可能快地跑回家，好让冰激凌不会化掉太多。

露比和北极熊先生坐在阳台的两端，最后一道日光离开了天空。露比把脚舒舒服服地搭在北极熊先生的爪子上，一边从她的碗里舀出一勺冰激凌送进嘴里。北极熊先生则在舔着冰激凌桶里的大勺子。

"我在学校时很想你，"露比说，"不过我在口袋里放了点你的东西，你知道吗？"她掏出了那团北极熊毛。

北极熊先生的鼻子动了动。

"我听说你出去练习滑板了——练了很多——这样对我很不公平。我不确定没有我陪着你该不该出去，你没有惹麻烦吧？"

北极熊先生抱着空冰激凌桶嗅来嗅去，希望能喝到最后一滴。"咱们最好还是去睡觉吧，我觉得。明天得早起。"

北极熊先生看起来并不想动,他嘟嘟囔囔着爬起来。

露比搂住北极熊先生的脖子,他们一起站着,抬头望着星星。

"你的愿望是什么,北极熊先生?"

北极熊先生一直望着天空,露比觉得她在他的眼角看到了一滴晶莹的泪珠。

"别那么悲伤嘛,北极熊先生。明天有滑板比赛,会非常有趣哦。"

北极熊先生又凝视了一会儿夜空,然后垂下头,慢慢地挪回了房间。

第18章
开始和结束

"你从哪儿弄的？"

北极熊先生毛茸茸的头上戴着一顶崭新的滑板帽。他把他的四块滑板摆在门口，又扑通扑通地在房间里走来走去，十分忙碌。他先是走进露比的卧室，拿出了他的手提箱。这有点儿奇怪，毕竟比赛只是在公园里举行，根本不需要带行李。接着，他走进厨房，用爪子钩住冰箱门，啪嗒一声打开，把最后一袋冻鱼条拉了出来，用牙叼着放进了他的手提箱里。

"野餐便当？"当北极熊先生关上手提箱的盖子时，露比说道，"你知道的，那是最后一袋冻鱼条了，不要一下子全吃完。我得跟妈妈说说，再买一些。"

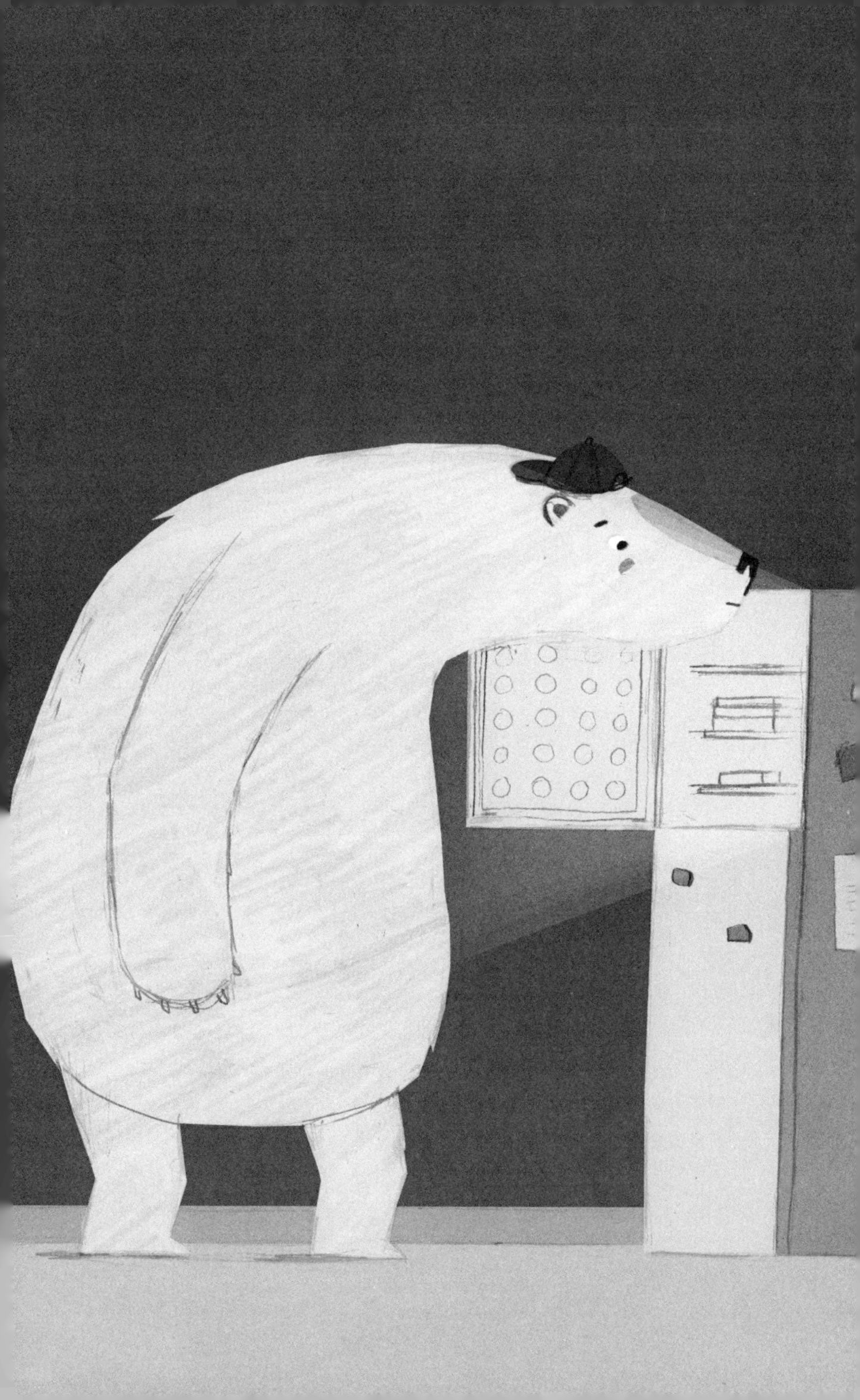

北极熊先生在门口坐下来,把一只爪子搭在手提箱上。

"少安毋躁,北极熊先生," 露比说,"还没到出发的时候呢。"

可是北极熊先生看起来一点儿也不冷静。他咚咚地敲着手提箱盖,直到家里所有人都准备出门为止。妈妈带利奥先坐电梯下去,然后露比和北极熊先生望着指示灯一路亮回22楼来接他们。他们走进去,北极熊先生伸出爪子,按了一楼的按钮。电梯开始下降,北极熊先生长长地叹了一口气。露比微笑着说:"我猜你现在觉得这很无聊了吧。"电梯刚下了一层,就颤颤巍巍地停下来,打开了门。

"早上好,"莫尔斯比太太兴高采烈地说道,**"还能再上一个人吗?** 我正要去公园看滑板比赛呢。"她倒退着走进

电梯,不管怎样,电梯门总算关上了。

"您跟我说过,您的孙子不喜欢您看他滑滑板。"

"他是不喜欢……可我不是来看我孙子的,我是来看北极熊先生的。"

露比呻吟了一声:"可别告诉我北极熊先生也要参赛。"

"他当然要参加,他已经准备整整一周了。"

露比看着这头俯视着她们的大熊,用手指敲打着滑板。她至少能想出一千种北极熊参加滑板比赛会出的状况,但愿不要再有任何意外的代价。

显然,康纳并没有告诉奶奶他认识露比,所以露比也没说她认识康纳。不过她很确定,当康纳看见露比和他奶奶一起出现在公园时,肯定不会太兴奋。这天早上充满了**麻烦**。

他们一到公园,莫尔斯比太太和妈妈就帮北极熊先生套上了滑板,露比也穿好了自己的装备。康纳说得没错:北极熊先生确实练习过。实际上,他一路滑得飞快,露比几乎跟不上他。至少这可以给她一个机会提醒康纳:莫尔斯比太太来了。

滑板公园里挤满了各种年龄的人，都在忙着为比赛做准备。**栏杆前、台阶上、平台上、U形场地里**全都挤满了人。康纳发现了露比和北极熊先生，便朝他们滑过来。

"怎么样？"他说着，跟他们各击了一下掌。

"你奶奶来了，只是告诉你一声。"

康纳咧开嘴，转了转眼珠："这么说你已经知道了，北极熊先生好像成了她的新好友。"

"她很酷。"露比说，"你真幸运，我也希望有一位这样的奶奶。"

"她很不错，"康纳说，"不过我希望她别老在这儿盯着我。"他们三个一起朝长椅那边看去，妈妈、利奥和莫尔斯比太太正舒舒服服地坐在那儿，等着看比赛。

"你为什么没有告诉我莫尔斯比太太是你奶奶？"露比问。

康纳看着地面，微微耸起一边肩膀："我不想让你认为我帮你只是因为你认识她。"

"那事实是这样吗？"露比突然感到不太舒服。

"不是！"康纳说，"我帮你是因为朋友都会这么做，而且看你一直摔下来很有趣。**哦，还有我喜欢你的熊。**"

露比的脸沉了下来，不过当她看见康纳脸上大大的笑容时，她意识到他是在开玩笑。戴尔也滑了过来，他们一起击掌。

露比的胸腔里有一个幸福的大泡泡飘了出来。

朋友！她终于真的有朋友了。

他们帮北极熊先生整理好滑板，看着他滑进了U形场地。他前后滑动，弯曲毛茸茸的膝盖，转移重心，创造出了他独有的熊式180度翻转带板起跳——冲上垂直壁，跃入空中，翻转，再落回地面。

露比睁大了眼睛："他怎么学得这么快？"

"天生的。"康纳说，"他的平衡能力超好——也许是因为在冰上的生活经验什么的。"

"也许吧。"露比说，她看见滑板手们正急转弯要避开那头巨大的飞熊，"虽然我不确定北极是否流行滑滑板。"

"也许等北极熊先生回家了，能把这项运动带过去。"戴尔说。

"我们的公寓现在就是他的家，"露比说，"他哪儿也不去。"

比赛宣布开始，于是露比离开滑板场，去跟妈妈、利奥，还有莫尔斯比太太坐在一起。参赛选手们穿着颜色鲜艳的短裤站成几组，抱着自己的滑板。组办方看起来不太确定该拿一头北极熊怎么办，因而稍稍拖延了一点时间。不过，看他已经吸引了一大堆观众，便决定让他参加最后一场比赛——作为**压轴登场**。所以他暂时回来跟露比一起等。

比赛开始了，看着那些令人难以置信的高难度技巧，露比的心跳得越来越快。这让她想起了以前看爸爸比赛时那种嗡嗡的兴奋感，而现在她是跟自己的朋友们在一起。人群欢呼，滑板手们跃向空中，展示着特技。一些人表现不太好，当他们挣脱险境，

侧身从斜坡上滑下来时,所有人都屏住了呼吸。康纳滑得如鱼得水,戴尔却一团糟,还摔坏了他的滑板。妈妈告诉他放学后把滑板带到她的工作间去,看看能不能帮他修好。露比露出了微笑,妈妈坐在旁边让她感到非常骄傲。

就要轮到北极熊先生了,他变得越发焦躁起来。康纳、戴尔和别的滑板手们纷纷从滑板场走过来,和露比一起看北极熊先生表演。露比感到有些紧张,她希望北极熊先生不要出洋相。

"别担心,"露比说,"我们都在这儿为你加油。你会很棒的。"

北极熊先生转向露比,用自己的鼻子碰了碰露比的鼻子,露比摘下他的帽子,挠了挠他的头,然后闭上眼睛,感受着他温暖的呼吸吹在她的脸上。

"好运。"露比轻声说。

他用牙齿叼起他的手提箱。

"等等,"露比说,"你带那个干吗?"

北极熊先生没有理会她,慢慢地向斜坡的最高处走去。也许手提箱是他的幸运符之类的吧。露比紧紧抓住妈妈的手。北极熊先生在滑板上站好,向下看着U形滑道,然后将目光转向远方。他的牙齿依然紧紧地咬着手提箱的提手。露比屏住呼吸,北极熊先生朝露比的方向看了最后一眼,盯着露比的眼睛跟她对视了几秒。然后,他沿着坡道的左边向下滑去,飞上另一侧的垂直壁,高高地飞向空中,越过公园的篱笆,踩着四块滑板完美着地。

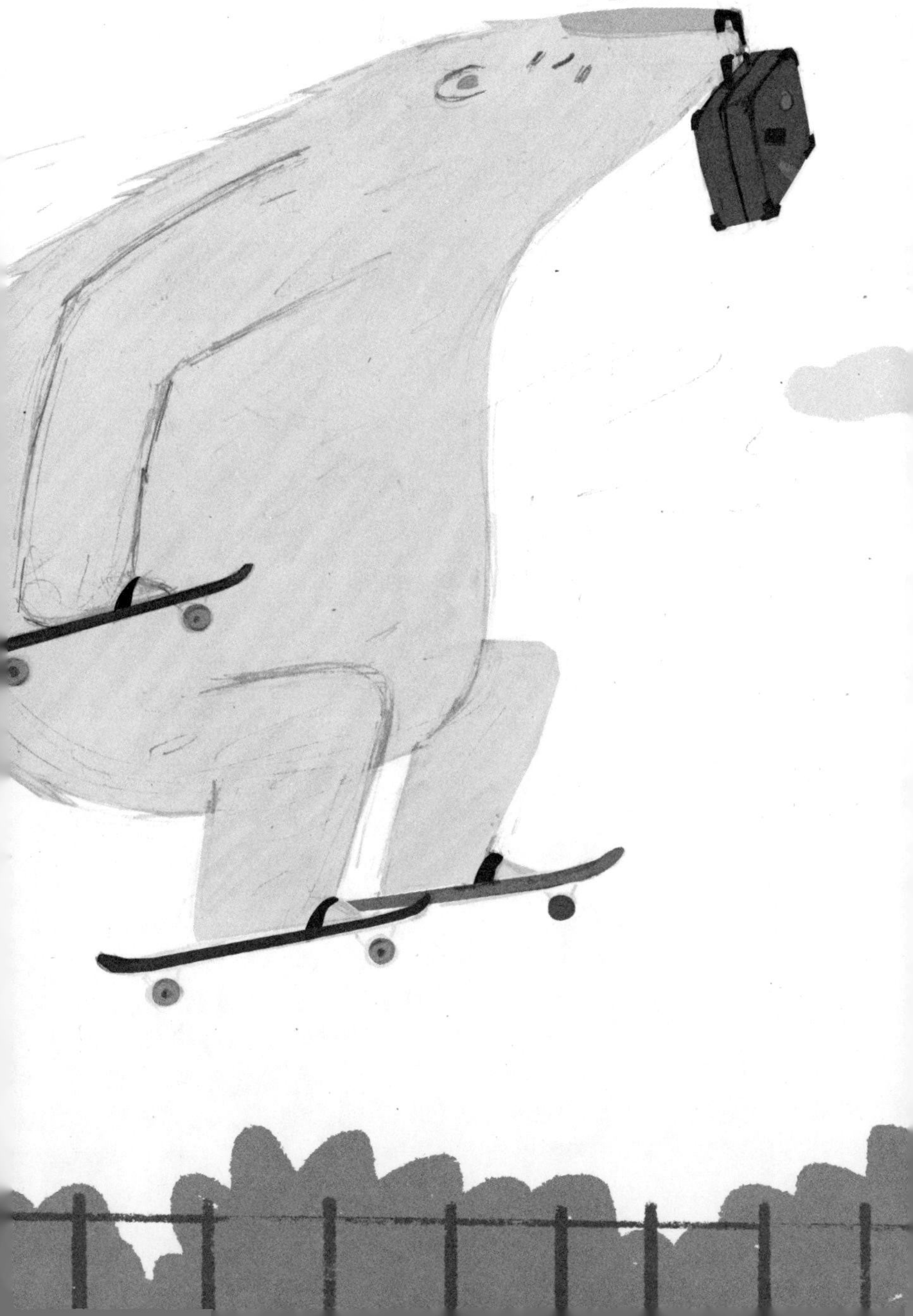

**然后，他一直
　　　向前、向前……
　　　　　向前。**

"方向错了，北极熊先生。"康纳一边喊一边大笑，"快回来！"

"你在做什么？"戴尔喊道。

"你要去哪儿？"妈妈喊道。

可是,他们的喊声并无回应,慢慢地,他们全都沉默下来。

然后,露比明白了……或者她认为自己明白了……

……北极熊先生走了……

……永远地走了。

这会儿每个人都在看露比。露比吸了口气，咽下堵在喉咙里的结块。

"好吧，至少少了一件让我担心的事。"她说着，捡起他的帽子，从上面摘下几根北极熊的毛，"不用再经历去超市的尴尬之旅，不用再在街头跳舞，不会再有人分享我的房间，不会再到处都是臭烘烘的熊毛了。"她使劲儿眨着眼睛，不让眼泪流出来。

康纳摘下头盔，抓了抓脑袋，然后皱起眉头："这个滑板公园再也没有意外事故了？再也没有北极熊特技了？"

"再也不用买冻鱼条了，至少。"莫尔斯比太太说。

利奥开始哭起来。

"也许他会回来的。"妈妈说。

可是露比知道，北极熊先生再也不会回来了。她将北极熊的毛揉成一小团，放进了自己的口袋里。

亲爱的爸爸：

你好吗？今天我掌握了从斜坡上下滑的动作，真是酷毙了，肯定会让你大为震撼。

北极熊先生已经离开三个月了，我想他不会回来了。我想这是好的，因为我们不该在公寓里养动物，而且有他在，家里会很挤。

露比拿起北极熊先生的帽子，用手摸了摸，上面还残留着北极熊的气味。

妈妈说，人们来到或离开总有不同的理由。有些人在好的时候留下，在坏的时候离开；还有些人在坏的时候留下，在好的时候离开，因为他们知道，即使没有他们，你也会做得很好。

要是你在滑板圈子里遇到了北极熊先生，请告诉他，我们一切都好，只是非常非常想念他。有时候我还是需要照顾妈妈和利奥，但妈妈大部分时间都在工作。而且北极熊先生离开后，就由莫尔斯比太太来帮忙照顾利奥了。

我想我会把这封信寄给你。很想知道你是否会收到。

爱你的露比

露比小心地把信折好，放进信封里，在正面写上了爸爸的地址。

第19章
阳光和乌云

露比将写给爸爸的信投进邮筒,然后带着利奥去公园。她停下来跟康纳和戴尔打招呼。

"不来滑吗?"他们问。

露比摇了摇头:"我要带利奥去喂鸭子。妈妈这周过得不是很好。"

"奶奶跟她在一起吗?"康纳问。

"是的——她带妈妈去医院了。"

"好,"康纳说,"那我们跟你一起去池塘吧。"

戴尔和康纳把利奥放在滑板上,一人拉着他一只手,朝池塘滑去。露比推着婴儿车跟在后面。利奥不用等到十一岁就能滑滑板了!

"呀!"看见鸭子们正聚集在池塘边上,利奥大喊了一声。戴尔和康纳帮利奥把面包屑扔进水里。

突然,鸭子们安静了下来,露比皱了皱眉头。一个黑影正朝池塘这边飘过来,水面变暗了。

"**北极熊,北极熊!**"利奥大喊着,跳上跳下,用手指着天空。

露比抬头看时,心跳怦怦地加快了速度。一朵巨大的云正从天空飘过,遮住了太阳。

"不,利奥,不是北极熊先生,只是一朵云。"

"北极熊。"利奥说,他的声音慢慢小下去,手放了下来。露比给了利奥一个大大的熊抱。

"他是一颗星,那头熊。"康纳说。

"有时候是的。"露比说。虽然她很难过,可还是忍不住露出了微笑。

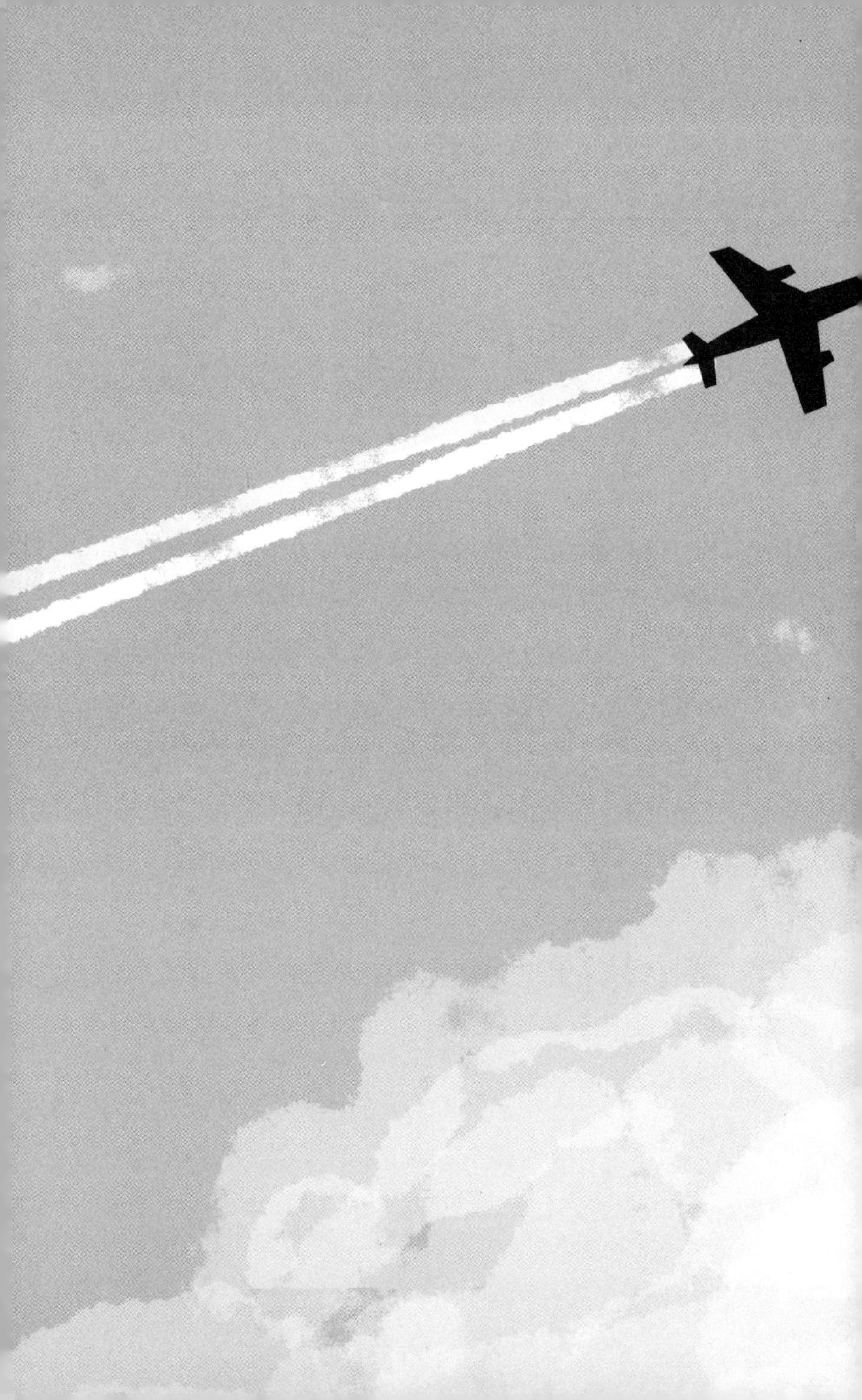

滑板技巧

BIG BEAR AIR

空中技巧（Big Air）是指冲出斜坡、飞到相当高的高空然后落下。因此，一头北极熊表演的熊式空中技巧就更让人印象深刻。

双脚带板起跳（Ollie） 要弯曲膝盖、后脚压低板尾，让板头抬起，板尾会跳离地面。然后拖动前脚向前，在起飞和落地时让滑板保持平衡。这个动作一般用来跃过障碍或跳到街上、滑板公园的物体上。

KICKFLIP

哇

尖翻（Kickflip） 是熟练掌握双脚带板起跳之后可以尝试的动作。过程跟双脚带板起跳相似，但当你跳离地面时，要快速将一只脚移向滑板前端，将板蹬开，再用小脚趾轻弹滑板边缘，你的滑板就会翻转过来。当滑板翻转一周，让后脚先落到板上，并且弯曲膝盖。将尖翻做得更好的小窍门是在双脚带板起跳时，尽可能跳得高一点，这样可以在落地前给你更多时间来翻转滑板。不过这是很难的技巧，所以耐心学！

还有很多相当酷的技巧可以学，比如**180度手抓板（180 No-Comply）**，或者**倒板（Pop Shove It）**，或者干吗不创造你自己的动作，就像露比这样！

要记住
最主要的是
玩得开心！

兴奋！

精彩

关于作者

玛利亚·法雷尔和她的丈夫还有宠物狗住在萨默塞特郡牧场中央的房子里。她曾经生活在新西兰的一个小农场里，那儿有一群羊、一群牛、两头表现不好的猪，还有一只当她写作时总是站在她头上的虎皮鹦鹉。她受过语言治疗师和教师的训练，之后修完了为青少年写作的文学硕士学位。她热爱语言，热衷阅读和给所有年龄段的孩子写书。她喜欢骑自行车到陡峭的山顶，这样可以能有多快就有多快地冲下来。她还热爱登山、滑雪和探险，她的梦想是有一天能去北极，亲眼看一看自然环境中的北极熊。

关于绘者

丹尼尔·莱利是住在里斯本的一位英国自由插画家。在伯恩茅斯艺术大学学习后，他在澳大利亚进行了一次徒步探险旅行。之后在伦敦工作了三年，他决定离开英国，去阳光灿烂的葡萄牙。过去的几年里，丹尼尔一直从事着广告、版画、卡片设计和童书的插画工作。丹尼尔不画画时，你可能会发现他在冲浪、用一部老相机照相，或者在玩新发现的踏板运动。

你还可以了解

亚瑟受够了他的家！他有一个不太寻常的弟弟，他的父母总是给弟弟过多的关爱。就在亚瑟准备离家出走时，一头北极熊突然出现在他家门口。突然闯入的北极熊先生在亚瑟家住了下来，他倾听亚瑟心中的秘密，帮亚瑟赢得足球赛，给亚瑟一家的生活带来了有趣又奇妙的变化……

即将出版